GONE
WITH
the WIND
MARGARET MITCHELL
GONE
WITH THE
WIND

NHK

100分 de 名著 books

# 風と共に去りぬ

Gone with the Wind

Margaret Mitchell

マーガレット・ミッチェル

Konosu Yukiko

鴻巣友季子

NHK出版

# はじめに――原作の知られざる世界を味わう

『風と共に去りぬ』はアメリカの作家マーガレット・ミッチェルのデビュー作にして、唯一の大長編小説です。刊行した最初の年だけで、アメリカで百七十万部を売り上げ、著者の生前に四十か国で翻訳、八百万部が売れたと言われる世紀のベストセラーでもあります。ミッチェルは本作で一九三七年のピューリッツァー賞を受けています。

ミッチェルは子どもの頃からプライバシーに大変こだわる人で、「今日、何をしたの?」「今、何をしているの?」などと聞かれるのが大嫌いだったそうです。一九二六年頃、彼女は、どこに発表するあてもないままこの物語を書き始めます。骨折の療養中のことでした。彼女の秘密主義は、小説を書き始めると極限まで強まっていったようで、ミッチェルが何かを書いていることに気づいた相手に対してさえ、一行たりとも原稿を見せたことがなかったといいます。

のちに『風と共に去りぬ』を出版するマクミラン社アトランタ支社の編集者ロイス・コールら、ミッチェルの親しい友人たちは、この謎の作品をからかい半分に「ザ・グレート・アメリカン・ノベル（あの偉大なアメリカ小説）」と呼んでいました。Great American Novel（GANと略す）とは、アメリカという国の真髄《しんずい》を描き出す名作といった意味で、『白鯨《はくげい》』や『アンクルトムの小屋』『若草物語』などがそれに当たるとされています。あるとき、訪ねていったコールが「ザ・グレート・アメリカン・ノベルの調子はどう?」と訊《き》くと、ミッチェルは苦笑いをしながら、「ひどいもんよ。なんでわざわざこんなことしてるんだろう、わたし」と答えたそうです。この原稿が『風と共に去りぬ』に結実し、実際に「ザ・グレート・アメリカン・ノベル」となっていくのです。

作品の舞台となるのは、十九世紀中頃のアメリカ南部。スカーレット・オハラは、ジョージア州内陸部にある綿花プランテーションの長女としてなに不自由なく育った、天衣無縫《てんいむほう》のヒロインです。その少女が、南北戦争勃発の直前から、戦中、戦後の「再建時代《リコンストラクション》」および、その後にかけての十二年ほどの時間をたくましく生き抜く姿を描いています。スカーレットが片思いを続ける好青年アシュリ・ウィルクス、その妻となる恋敵《こいがたき》メラニー・ハミルトン、スカーレットの真の姿を愛し、支え続ける怪紳士レット・バトラーとの、恋愛、結婚、憎しみ、友情、別れなどが多層的に絡《から》み合う大作です。

『風と共に去りぬ』と言えば、ヴィヴィアン・リーとクラーク・ゲーブルが主演したハリウッド映画が大ヒットし、その印象があまりにも鮮烈だという方が多いのではないでしょうか。原作と映画、どちらも傑作だとわたしは思っていますが、映画は原作に非常に忠実なところがある反面、実は原作とかけ離れた点も多々あります。わかりやすい違いは、スカーレット・オハラの容姿です。映画でスカーレットを演じたヴィヴィアン・リーの印象が強烈すぎて、映画を見る前に原作を読んでも、見たあとに読んでも、スカーレットと言えばヴィヴィアン・リーしか思い浮かばない方が多いのではないかと思います。しかし、原作に描かれるスカーレットの容姿は、ヴィヴィアンとはかなり異なっています。もう一つの違いは、〈タラ〉と呼ばれるオハラ家の家屋です。どのように違うのか、このあと見ていくことにしましょう。

また映画の影響が強いためか、『風と共に去りぬ』には白人富裕層のロマンスという固定イメージがあるようです。しかし原作を繙《ひもと》いてみれば、そこにはさまざまな人種、階層、そして個々の文化と矜持《きょうじ》を持つ多彩な人々が集っています（そのうちの重要な何人かの役は映画ではカットされてしまっています）。むしろ、この大作を力強く動かしていくのは当時マイノリティだった人々――黒人であり、移民であり、貧者、社会の異端者、日陰者のような人たち――なのです。ミッチェルが描きだそうとしたのは、たんなる白人のロマンスというよりは、多人種、多階層をバックグラウンドとした多文化混交の物語だったのだと思います。

さらに、本作は世紀の恋愛小説という捉え方をされてきました。もちろん、スカーレットとアシュリ、スカーレットとレットの波乱万丈の愛情物語は、ストーリー展開の太い軸となっています。しかしながら、本書では、本来控えめな脇役と見られていたメラニーに注目し、一見正反対の性格を持つメラニーとスカーレットのダブルヒロインという形でこの物語を捉え直してみたいと思います。この二人の女性の多面的で複雑な友情関係こそが、本作の要《かなめ》だとわたしは考えるからです。

というわけで、本書では、映画をはじめとする数々の既成イメージにとらわれず、原作とじっくり向き合い、皆さんと一緒にこの小説の魅力を堪能《たんのう》したいと考えています。旧来のイメージや解釈を次々と覆《くつがえ》すことになるかもしれませんが、原作のスカーレットも〈タラ〉ももちろん魅力的ですのでご安心ください。

わたしは二〇一五年に『風と共に去りぬ』の新訳を刊行しました。一般的に翻訳とは、外国語を日本語に移して「書く」作業のことだと思われているようです。しかし実は、翻訳では原文を的確に「読む」という部分が作業の九割くらいを占めるとわたしは考えています。翻訳者も読者の一人です。しかし読んだ上で、自分の言葉で再創造する。ここが一般の読者と異なる点で、翻訳者は原作者の「言葉の当事者」にならなくてはなりません。そのため、わたしは常々、翻訳を「体を張った読書」であると表現しています。

『風と共に去りぬ』という作品に言葉の当事者として関わっていくなかで、初めて気づいたことがいくつかあります。一つは、この作品が持つ高度な文体戦略です。これについても、本書で解説していきます。本作について、その歴史的背景や社会的意義を掘り下げた研究書は数多くあるのですが、ミッチェルのテクストそのもの——彼女が織り上げた巧緻《こうち》な文章——を分析する評論は圧倒的に少ない。つまり、「何が書かれているか」は存分に説かれてきたものの、「どのように描かれているか」はあまり論じられてこなかったのではないでしょうか。

わたしにとって、『風と共に去りぬ』を新訳するということは、自分が持っていた数々の偏見や思い込みを払拭《ふっしょく》し、この古典名作にまったく新たな世界観を持つことにほかなりませんでした。それは衝撃的な読書体験でした。本書を読んでくださる方々にとっても、従来の作品イメージが心地よく転換され、新たな『風と共に去りぬ』像が誕生することを願っています。

目次

※本書におけるマーガレット・ミッチェル『風と共に去りぬ』引用の日本語訳は著者訳（新潮文庫）によります。

# 第1章――一筋縄ではいかない物語

## ジャズ・エイジの申し子

『風と共に去りぬ』の登場人物はヒロインのスカーレットをはじめ非常に魅力的です。作者のミッチェルは、読者たちから「この部分はわたしをモデルにしたでしょう?」と何度も言われるのにうんざりして、モデルは一人もいないと断言していたそうです。しかし、小説のテクストをじっくりと読んでいくと、やはりそこには作者自身の人生が深く刻印されていると感じるところがあります。まずはミッチェルの略歴についてお話ししましょう。

マーガレット・ミッチェルは一九〇〇年、アメリカ南部ジョージア州の州都アトランタに生まれました。父ユージン・ミッチェルは弁護士、母メアリー・イザベル（メイベル）は〝完璧なレディ〟と言われた人で、婦人参政権運動のリーダーを務めるかたわら、つねに慈愛の精神を持ち、一九一七年にアトランタで大火事があったときには率先して人の命を救いました。そして火事の翌年、インフルエンザの流行でも看病に尽力しますが自身も感染し、一九年に亡くなってしまいます。これは、『風と共に去りぬ』において、主人公スカーレットの母エレンが貧乏白人《ホワイト・トラッシュ》[＊1]を看病して死んでしまう場面に重なります。

マーガレット（愛称ペギー）は幼い頃、両親の留守中にスカートの裾《すそ》に暖炉の火が燃え移る事故があり、それ以来、半ズボンにシャツを着てキャップをかぶり、近所では男子名の「ジミー」と呼ばれていました。活発な彼女は、男の子たちと一緒に丘に登って戦争ごっこをしたり、野球や乗馬で彼らを負かしたりしていたそうです。

ミッチェルのそんなおてんば気質は、思春期を過ぎて大人になっても変わりませんでした。時は「狂乱の二〇年代（Roaring Twenties）」とも言われる「ジャズ・エイジ」[*2]。先行世代とその因習に抗《あらが》う若者たちが、クラブで乱痴気騒ぎを繰り広げていた時代です。ミッチェルと同世代の南部作家ウィリアム・フォークナー[*3]は「酒を飲んでは恥も外聞もなく吐いた」と言いますし、ミッチェルも「名門クラブのテーブルに乗って踊りまくった」り、格式あるホテルで開かれた慈善パーティで男子学生と激しいダンスを披露し、街を騒然とさせたりしていました。ミッチェルは当時の自身のことを、「ジャズ・エイジの申し子であり、ショートカットにミニスカートを穿《は》いた実際家であり、牧師さまに言わせれば、三十になる前に地獄に落ちるか、縛り首になるという小娘」と自嘲《じちょう》気味に手紙に記しています。

そしてミッチェルは、密造酒の売買に手を染めた遊び人ベリエン・〝レッド〟・キナード・アップショーと結婚（彼の名前はレット・バトラーを想起させます）。しかし結婚生活は長く続かず、約三か月で事実上破綻《はたん》。二五年、長年の友人だったジョン・マーシュと再婚し、ミッチェルは穏やかな生活環境を得て、執筆に向かっていきました。

ミッチェルは一九二二年、地元紙「アトランタ・ジャーナル」に就職し、新聞記事を書き始めます。初めは家庭欄や生活欄の担当になり、物足りない思いをしていたようですが、やがて戦記物の執筆で頭角を現します。講談師さながらの臨場感で、南北戦争の戦士や名将たちの活躍、戦場の現場などを描写したミッチェル。この新聞記者時代に、ものごとに対する洞察眼と、無駄のない文章・文体が培《つちか》われたと彼女は言っています。

## モダニズムに背を向けて

さきほどフォークナーの名前を出しましたが、ミッチェルは、スコット・フィッツジェラルド[*4]、アーネスト・ヘミングウェイ[*5]とも同世代です。つまり、いわゆる「ロスト・ジェネレーション」[*6]の作家と完全に同世代なのですが、そう聞くと意外に思う方が多いのではないでしょうか。それは、おそらくミッチェルが大衆文学の作家と捉えられ、純文学的な文学史の系譜に位置づけられることがあまりなかったからだと思います。

ミッチェルは当時のあらゆる文学潮流に逆らって、のちに『風と共に去りぬ』と題される作品を書き始めました。この小説はいかなる政治的メッセージをかかげるものでもなく、純然たるフィクション（物語）だと彼女は述べています。

ここで少し、ミッチェルが小説を書き始めた一九二〇年代の欧米文学界の風景を見渡してみましょう。

この時代に権勢をふるっていたのは「モダニズム」と総称される潮流です。ヴァージニア・ウルフ[*7]、ジェイムズ・ジョイス[*8]、マルセル・プルースト[*9]らがその代表で、実験的・個人主義的作風がもてはやされ、その手法の一つとして、作中人物の目と声によってものごとを描写する「内面視点」が大いに導入されました。それまで主流だった、「そのとき彼は○○と言った」というような、全知の語り手が神の視点から物語る文体は、どこか古臭いものと捉えられるようになっていきます。そうではなく、人物の「意識の流れ」を追い、人物の「ボイス」を多声的に響かせるのが、最新のかっこいいスタイルとなっていった。モダニストたちの、旧世代の小説作法から抜け出して新しい文学を創造しようとする気概は苛烈《かれつ》でした。

そうしたなかで、ミッチェルはどうしたのか。エドウィン・グランベリーという評者への手紙（一九三六年七月八日付）に、彼女はこう書いています。

いのです。

わたしの作品を、第一に、一個の小説であり物語であると評していただきありがとうございます。ジョイス風でも、プルースト風でも、ウルフ風でもない、ということですね。貴殿《きでん》は、拙作がどんな本であるかを的確に総括なさったばかりか、本の背後にどんな精神があるか、鋭く見抜いていらっしゃいます。わたしは〝意識の流れ文学〟はどうも読めません。もともと脳神経学者か精神医学者を目指して勉強を始めましたので、人間の心の川の澱《よど》や密林でなにが起きているか実際よく知っておりますし、たっぷり見てまいりました。だからこそ、小説中には書く気になれないのです。

『風と共に去りぬ』の一気呵成《いっきかせい》に読ませる文体は、アマチュア作家の若書きだと思われてしまいがちですが、この手紙からは、ミッチェルが自覚的にモダニズムに背を向け、高度な文体戦略を持ってこの作品を書き上げたことがうかがえます。実際、彼女はリライト魔だったようで、七十回ほど書きなおしたパートもあると言われているのです。それほど文章自体の精度を高めることに力を注いでいたということでしょう。

## 新たなアメリカ南部像の創出

さらにミッチェルは、同世代のロスト・ジェネレーション作家のように書くつもりもありませんでした。一度、当時流行《はや》りだったジャズ・エイジ小説（短編）を書き始めたことはあるのですが、酒とパーティに明け暮れるジャズ小説の世界が自分の一人目の夫を思い出させたこともあり、この手の小説はフィッツジェラルドに任せておけばいいと考えるに至り、ジャズ・エイジにも背を向けることになります。

結局、ミッチェルは南部のプランテーション[*10]を舞台にした小説を書くことにします。しかし、伝統的な南部小説——南部を称揚《しょうよう》するために書かれた、貴族然とした白人富裕層が恋をしたり、英雄的な活躍をしたりする一方で、マグノリアの花が揺れ、そこに気のいい黒人奴隷が出てきてバンジョーを弾いたりする物語——を書くつもりは、彼女にはまったくありませんでした。

彼女が舞台に選んだのは、「ディープ・サウス[*11]」と呼ばれるジョージア州北部にあたる内陸の土地でした。南部の中でも早くから入植が進み、文化が洗練されていた沿岸部とは違って、開発されてまもない、素朴で垢抜《あかぬ》けない農園の暮らしをあえて選び、「新しい南部像」を創出しようと決意したのです。

「新しい南部像」を描くにあたってミッチェルが活用した資料の一つは、南北戦争後に盛んに出版された、南部婦人の手記や体験記でした。そこには生活の細部が詳《つまび》らかにされており、なかには小説仕立てのものもありました。その生々しい描写が、ミッチェルにさまざまな着想を与えたように思います。

もう一つのインスピレーションの源は、意外なことに、同世代の作家たちが必死で手を切ろうとしていたイギリス十九世紀のヴィクトリア朝文学[*12]だったのです。ミッチェルは幼い頃から、母メイベルにイギリスの名作を読むよう、うるさく言われていました。一作読むごとにおこづかいがもらえ、読まないと室内履き《スリッパ》で叩かれたといいます。このときの読書体験を創作に活かしたのです。

ミッチェルの小説執筆の背景として、もう一つ、この厳しい母親との関係にも触れておきましょう。メイベルはしつけにうるさく、要求の多い親でした。娘が野球や乗馬で男の子たちを負かすのを喜んだり、新しい時代の強いサバイバーになってほしいと自ら銃の撃ち方をみっちり仕込んだりする一方、幼い頃から娘をお作法教室やバレエレッスンに通わせ、上品な「南部の貴婦人《サザン・ベル》」となるべく、小さなレディとして振る舞うことを強いました。つまり、男性的な面と女性的な面の両方を娘に求めたのです。さらにカトリックの篤《あつ》い信仰を求め、奉仕の精神と他愛の心を説いた。ミッチェルはやはり、この立派な母親の存在に重圧を感じていたと思います。そして「男であれ。しかして女であれ」と同時に二つの像を求められて分裂し、ジレンマを抱えた。若いころフラッパー[*13]娘になったのも、こうしたことへの反動があったからでしょう。

　実は、このジレンマは母自身も直面したものだと考えられます。聡明なメイベルは父親の自慢で、学問について父と対等に議論しながらも、良妻賢母になることを強いられました。この矛盾とジレンマはマーガレットに持ち越され、さらにはマーガレットの創造上の〝子ども〟であるスカーレット・オハラに引き継がれることになります。『風と共に去りぬ』には、母エレンに対するスカーレットの反発と和解、依存と自立の過程が描かれているとも言えます。それは、ミッチェルが母メイベルに抱いた複雑な感情を映していると言えるでしょう。テクストの深層部分に作者の人生が深く刻印されている一例ではないかと思います。

## 失恋から始まる物語

　それでは、いよいよ物語の内容を見ていきましょう。第一巻のあらすじをご紹介します。

　スカーレット・オハラは、アメリカ南部ジョージア州内陸にある綿花プランテーション〈タラ〉[*14]農園を経営するオハラ家の、三人姉妹の長女。父はアイルランド移民のたたき上げで敬愛を集めるジェラルド・オハラ、母はフランス貴族の血をひく完璧な貴婦人《グレート・レディ》エレン・オハラです。

一八六一年四月のある日、スカーレットは〈タラ〉のポーチで幼なじみのタールトン兄弟をはべらせています。裕福な家に生まれつき、なに不自由なく育ってきたスカーレット。彼女は男性を虜《とりこ》にするすべを心得ていて、これと狙いをつけた相手はすべて夢中にさせてきました。ところがその日、タールトン兄弟からショッキングな報《しら》せがもたらされます。彼女を取り巻く幼なじみの中でも、スカーレットを最も惹《ひ》きつけるアシュリ・ウィルクスが、その従妹のメラニー・ハミルトンと婚約しており、翌日のパーティでそのことが発表されるというのです！　アシュリはヨーロッパの芸術や文学を愛する貴公子で、スカーレットは、ほかの男性たちとは違うミステリアスな慎み深さに魅力を感じています。メラニーは小柄で華奢《きゃしゃ》な娘で、スカーレットは「口を開けば〝はい〟か〝いいえ〟しか言えないあのばか娘」と評しています（この認識が正しくないことについては、あとで述べることにしましょう）。

さて翌日、ウィルクス家の屋敷〈トウェルヴ・オークス〉に着いたスカーレットは、いつにもまして魅力をふりまきます。周りの男性をすべて籠絡《ろうらく》することによって、アシュリにやきもちを焼かせ、振り向かせようとしたのです。彼も自分を愛しているはず、という確信のもと、ウィルクス家の書斎でアシュリに愛の告白をしますが、驚いた

## 主要登場人物

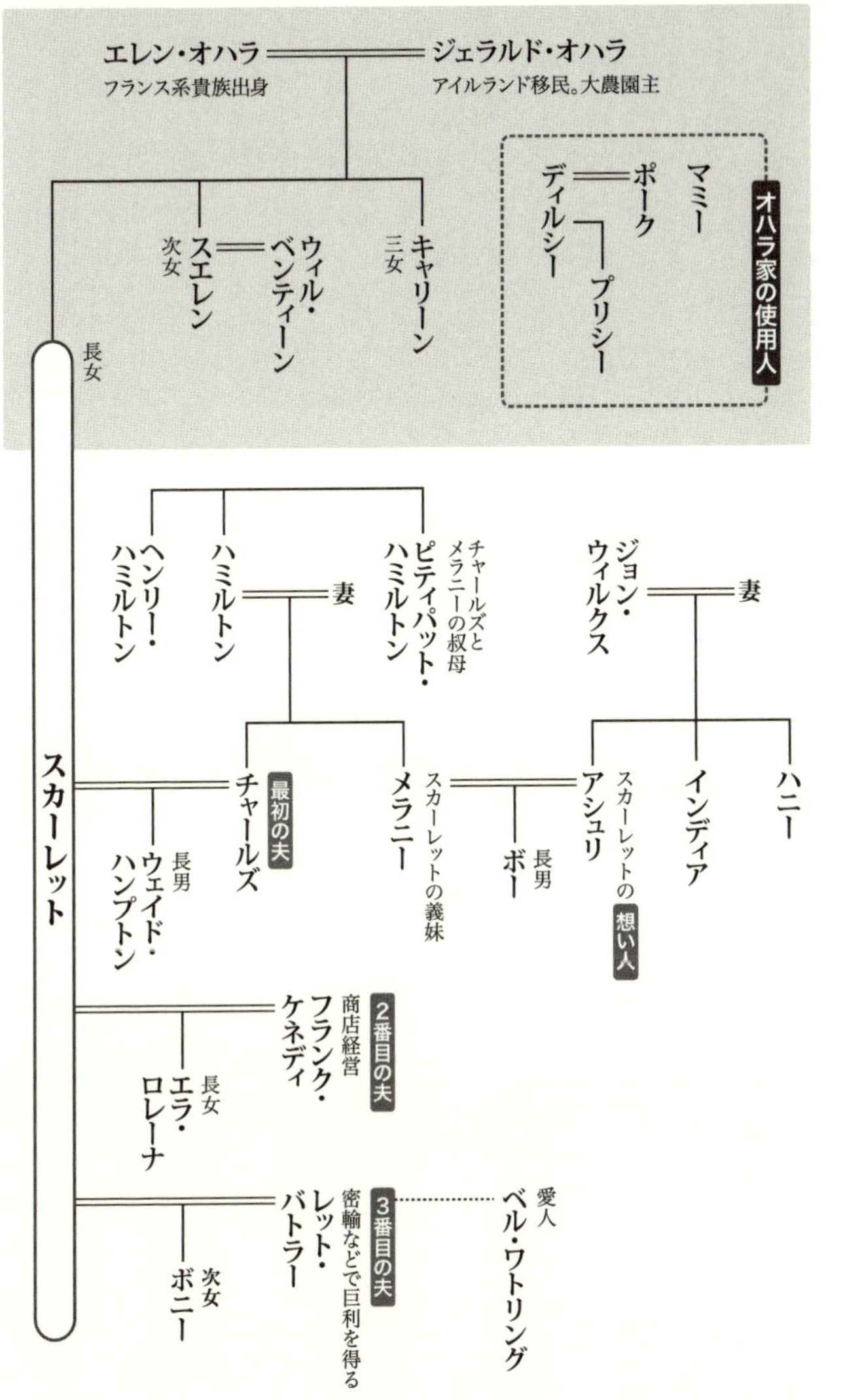

エレン・オハラ
フランス系貴族出身
ジェラルド・オハラ
アイルランド移民。大農園主
オハラ家の使用人
マミー
ポーク
ディルシー
プリシー
キャリーン
三女
ウィル・ベンティーン
スエレン
次女
長女
スカーレット
ヘンリー・ハミルトン
ハミルトン
妻
ピティパット・ハミルトン
チャールズとメラニーの叔母
ジョン・ウィルクス
妻
最初の夫
チャールズ
長男
ウェイド・ハンプトン
メラニー
スカーレットの義妹
長男
ボー
アシュリ
スカーレットの想い人
インディア
ハニー
2番目の夫
フランク・ケネディ
商店経営
長女
エラ・ロレーナ
3番目の夫
レット・バトラー
密輸などで巨利を得る
愛人
ベル・ワトリング
次女
ボニー

ことに思いは通じません。アシュリは、結婚は似た者同士でないとうまくいかない、スカーレットと自分ほど「かけ離れた」者同士では無理だと静かに告げます。激昂《げきこう》したスカーレットに平手打ちされたアシュリはその場を去ります。

スカーレットが怒りに任せて陶器を壁に投げつけると、ソファから一人の男が起きあがります。スキャンダラスな「社交界の除《の》け者」レット・バトラーでした。二人はそこで初めて言葉を交わすのですが、自分を偽らない激情家のスカーレットにレットは惚《ほ》れこみます。一方、北部と南部の戦いは大きな戦争へと発展していきます。

スカーレットはアシュリへの当てつけで、メラニーの兄チャールズ・ハミルトンと電撃結婚、その翌日、アシュリとメラニーも結婚します。アシュリは出征し、同じく出征したチャールズはまもなく野営地で病没しますが、スカーレットは彼の子を身ごもっており、生まれた息子は名将にちなんでウェイド・ハンプトン[*15]と名づけられました。

しばしのち、スカーレットはアトランタの街に二人きりで暮らすメラニーと叔母のピティパットの元へ、幼い息子ウェイドと召使のプリシーを連れて身を寄せることになります。アシュリの妻メラニーと同居するのは厭《いと》わしいですが、思い出のつまった〈タラ〉での生活に耐えられなくなったのです。

ある日、病院の寄付金集めのバザーの手伝いに駆り出されたスカーレットは、女性のダンスパートナーを競《せ》り落とすという大胆な「競売」で、レット・バトラーから破格の入札を受け、黒い喪服姿のままダンスを踊ります。レットは船を何隻も所有し、北軍の海上封鎖を破って輸出入業で巨万の富を築いていました。

久しぶりの華やかな社交とレットの大人の魅力にスカーレットは胸をときめかせますが、やはり、アシュリのことが忘れられません……。

## 冒頭一行目でわかる映画との違い

「はじめに」でも触れたように、スカーレットの見た目については、映画で彼女を演じた美人女優ヴィヴィアン・リーのイメージが強烈です。実際、小説ではどんな容姿だと書いてあるのか。第一巻の一行目はこう書き出されています。「スカーレット・オハラは実のところ美人ではなかったが」。驚きですね。おそらく、読者の大半はたとえこう書いてあっても、スカーレットが美人でないことなど読んだそばから忘れていると思います。

顎《あご》の線はくっきりと角張り、頤《おとがい》にかけてすっと尖《とが》った輪郭、かなり目を引く顔立ちである。瞳《ひとみ》は茶色みのない浅翠《あさみどり》で、しっかりとした黒い睫毛《まつげ》に縁どられ、心もちつりあがっていた。その瞳の上には、ゆたかな黒い眉《まゆ》が鋭角に切れあがり、マグノリアの花のような白い肌にはっとするような斜線を描いている。

顎が角張っているということは、見ようによってはエラ張りですね。そして頤（下顎の先）が尖っている。顎は、西洋では意志の宿るところとされています。このスカーレットの顎の描写は、シャープな感性と強い意志を思わせます。そして胸はかなり豊かで、ウエストは「三郡きっての」極細。美脚自慢ですが、スカーレットは自分の首が短いことと、身長が低いことを気にしています。

まとめてみると、背は低めで、つり目、エラ張り、首は短くふくよか、腕はむっちりしていて、バストは年齢にしては並外れて大きいが、ウエストは恐ろしく細くて、美脚。おそらく正統派美人というよりは、コンパクトグラマーで、ちょっとファニーフェイスっぽい魅力的な女の子、というところだと思います。

## 〈タラ〉邸の描かれ方の違い

映画と原作でもう一つ大きく違うのは、スカーレットの実家〈タラ〉の外観です。映画のそれは、建物の前面に立派な支柱が四本立つギリシア復興様式的な邸宅ですが、実はこれは、ミッチェルが「頼むからこういう豪邸は絶対につくらないでください」とさんざん頼んだものそのままなのです。ミッチェルは、スクリーンで初めてこれを見たときは「死ぬほどショックだった」と言っています。

原作の〈タラ〉は、「奴隷の労働力で建て」られた「まとまりのない造り」で、「新築のときから年季を感じさせる渋さ」があったと書かれています。

屋敷は確かな建築プランに沿って建てられたものではなく、その時その時で入用になった場所に部屋を建て増しして現在の形になったのだが、エレンの心配りと手入れによって、行き当たりばったりの気ままさがむしろ野趣に転じることになった。敷地内を走る本道から屋敷へとつづくスギの並木道――このスギの並木道なくしては、ジョージアの大農園の地所は完成を見ないだろう――には、涼しげな深い木下闇《こしたやみ》があり、それと対照をなして、まわりの木々の緑がいっそうまぶしく耀《かがや》いていた。邸宅のベランダをおおう藤棚《ふじだな》が白レンガの壁に鮮やかに映え、それは玄関わきに植えられたピンクの百日紅《さるすべり》の茂みや、庭で白い花を咲かせるマグノリアとひとつになって、家屋のふぞろいなラインをうまく隠していた。

この邸宅の描かれ方の違いに、映画と原作の本質的な違い、そしてミッチェルが目指した新しい南部像というものが端的に表れているでしょう。ミッチェルは固定化された南部のイメージを相対化しようとし、白亜の豪邸に象徴されるステレオタイプではなく、素朴でときに粗野な田舎の暮らしを描きました。彼女はたしかにそれを描いたのですが、映画が完成し大成功を収めるに及んで、すべては伝統的な南部イメージに塗り直されてしまった。

映画自体も不朽の名作であり、その成功が原作の成功にさらに拍車をかけたことは間違いありませんが、その反面、原作の真髄というものが映画のイメージによって書き換えられてしまい、長い年月を経たいまでもミッチェルの思いは通じていません。彼女は四十八歳で死ぬまで映画と原作の違いを主張し続けていましたが、映像が持つ喚起力の強さと競わざるを得ないというのが、文字芸術としての文学の宿命でもあります。

ある新聞の編集長への手紙に書かれたミッチェルの言葉が、その苦悩を物語っています。

わたしは苦心に苦心を重ねて、ありのままの北ジョージアを描いたつもりなのですから。しかし人は信じたいものしか信じません。古き南部神話は人々の想像力に強く、強く根をおろしており、一〇三七ページていどの本〔註:『風と共に去りぬ』〕を読んだだけではびくともしないのです。

## 「似た者同士」というキーフレーズ

前述したように、スカーレットは、愛するアシュリと「冴《さ》えないちんちくりん」のメラニーとの結婚を阻止すべく、アシュリに告白をします。これまでスカーレットに惹かれているそぶりを見せており、問い詰められて「好きだ」とも言っていたアシュリですが、「きみとぼくほどかけ離れた人間同士だと、やはり愛だけでは結婚生活はうまく行かないんだよ」と退けます。では、どうしてメラニーとならうまくいくのか。アシュリはこう言います。

「彼女はぼくと似た人間だ。血のつながりもあるし、たがいに理解しあっている。スカーレット、いいから、聴いてくれ! 結婚というのは、ふたりが似た者同士でないと丸くおさまらないものなんだよ。解《わか》ってもらえないか?」

アシュリが口にする「似た者同士」という言葉は、『風と共に去りぬ』全編を通じて何度も出てくるキーフレーズです。原文では「like」「alike」という言葉が使われています。たとえば、アシュリが戦場からメラニーに送ってくる手紙です。

あなたにプロポーズしたとき、ぼくの頭にあったふたりの暮らしはこんなものではなかった。これまでと同じく、穏やかに恙《つつが》なくなに変わらず営まれる〈トウェルヴ・オークス〉での生活を思い描いていた。ぼくたちは同じ静かなものを愛する似た者同士だろう、メラニー。目の前には、日々本を読み、音楽を聞き、夢を見てすごす長閑《のどか》な暮らしがどこまでもつづいていた。

実は、スカーレット、アシュリ、メラニー、そしてレットという主役の四人は、それぞれが似た者同士であり、互いの分身であるような関係になっています。スカーレットとレットも似た者同士ですし、スカーレットとメラニー、メラニーとレットも似た者同士です。一番似ていないように見えるアシュリとレットも実は似た者同士で、互いの半身のようなところがある。

アシュリがスカーレットに、「レットとぼくが根本的に似た者同士だと思ってみたことはないのかい?」と問いかけるシーンがあります。スカーレットが否定すると、アシュリは「けど、じつは似ているんだよ。同種の人たちから生まれ、同じ型にはめられて育ち、同じことを考えるようになった。道程《みちのり》のどこかで、別々の方向へ歩きだしたがね」と答えています。

この「似た者同士」の頻出は、当時のアメリカ南部が同質社会で、同質傾向を強く好む社会であったことを表しているでしょう。同質であるがゆえの結束の強さと調和。アシュリも繰り返し「調和の美」ということを言っていますが、その一方で、多様性を欠いて排他的であるがゆえのもろさもあったのが南部でした。ミッチェルはこの南部の特質についての批判をスカーレットを通して表明しています。しかし、これはいまの南部にも連綿と続く特質であり、さらには近年はアメリカ全体にもこの傾向が強まっていると言えるかもしれません。

## つながる二人、つながらない二人

いま、分身的な存在としてスカーレットとメラニーを挙げましたが、アシュリは二人をそういうふうには見ていません。当然、スカーレットも自分がメラニーと似ているなどとは毛頭考えていない。二人はどう違うのでしょうか。アシュリにふられたあとのスカーレットの様子を引用します。

メラニーのことを思うと、あの遠くを見るようなおだやかな鳶色《とびいろ》の瞳や、黒いレースのミトンをつけた楚々《そそ》とした小さな手や、口もきかずおとなしくしている姿などが不意に浮かんできた。すると、だしぬけに怒りが爆発した。かつてジェラルドを殺生《せっしょう》に駆り立て、アイルランドの祖先たちをして縛り首になるような悪事[*16]に手を染めさせたあの激情である。

父親を殺しに駆り立てたのと同様の激情というのですから、怒りの大きさも相当ですね。スカーレットの激情家ぶりがわかります。対するメラニーはというと――。

素朴さとやさしさ、正直さと愛情しか知らない顔、むごいこと邪《よこしま》なことなど目にしたことがなく、もし目にしてもそれと認識できない人の顔である。自分がずっと幸せだったから、まわりの人々にも幸せになってほしい、少なくとも満ち足りていてほしい、と思っているのだ。そのため、どんな人間が相手でも、つねに一番良いところを見て褒《ほ》めた。彼女にかかれば、どんなに不出来な奴隷《どれい》でも、それを補う忠誠心や優しさが見つかり、どんなにブスで愛想のない娘でも、どこかしら容姿の美

点や、性格に気品が見いだされた。（中略）
慈愛あふれる心から嘘偽《うそいつわ》りなく自然と出てくるこうした性質にひかれ、いつもメラニーのまわりには人の輪ができていた。

スカーレットとは非常に対照的です。メラニーはつねに他愛精神にあふれ、どんなにだめな人間にも美質を見出す。

しかし、これは物語が進むと次第にわかってくるのですが、メラニーはその人が一番触れてほしくない部分を的確に見抜く人でもあります。ただの聖女ではない。メラニーは一流の策士という面もあり、非常に侮《あなど》れない複雑なキャラクターだとわたしは思っています。

さて、四人の似た者同士の中で、一つだけ

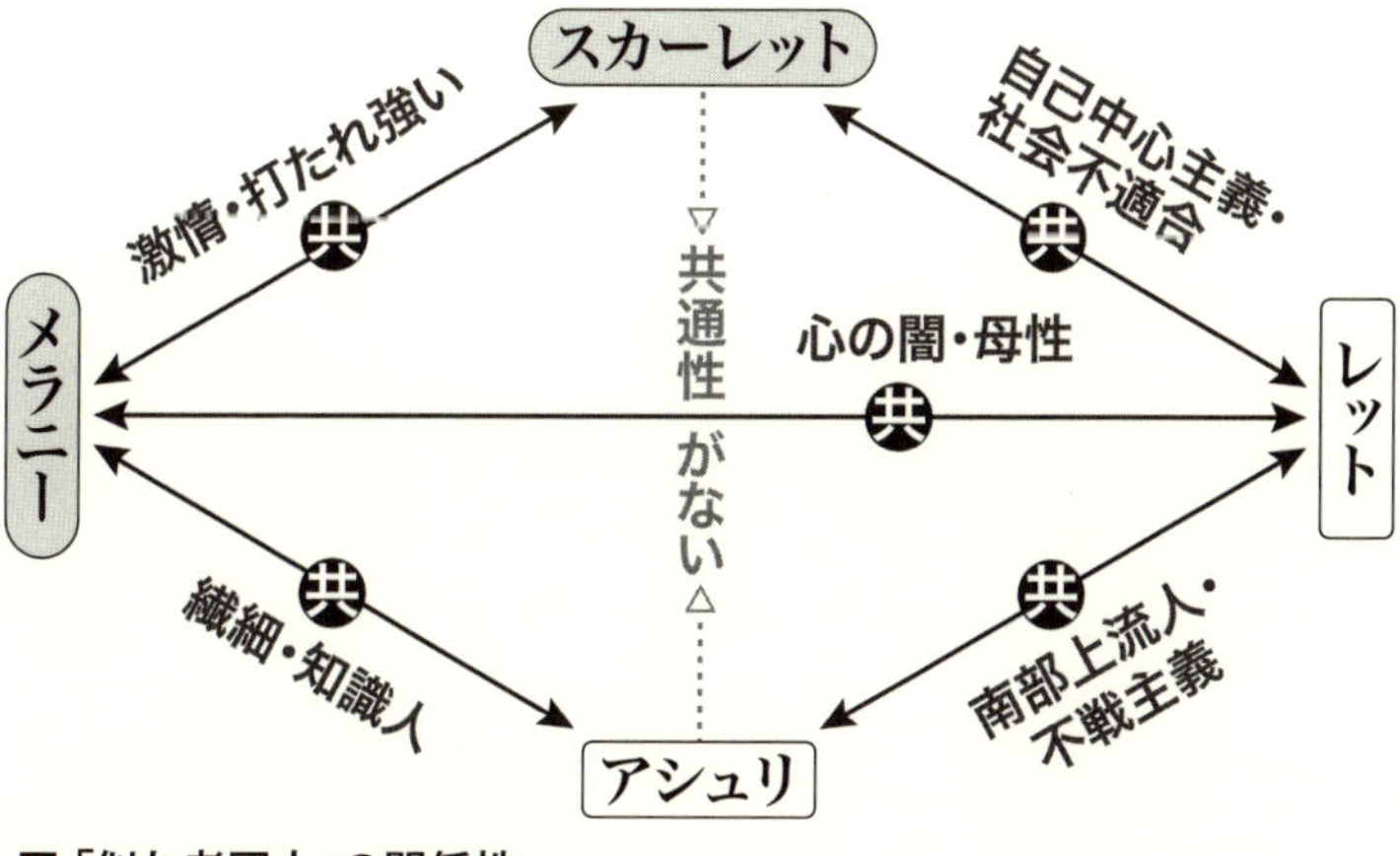


■「似た者同士」の関係性

つながらないラインがあります。それが、スカーレットとアシュリのラインです。ここだけが、水と油のごとく、どうしても融け合わない。この亀裂と、(亀裂などないと信じている) スカーレットの勘違いが、四人の物語の駆動力になっています。

## 「萌え」文学の源泉

ここで、中心人物の一人であるレット・バトラーが本格的に登場する場面を見てみましょう。先に紹介したように、ウィルクス家の書斎でアシュリに告白するも玉砕《ぎょくさい》し、残されたスカーレットは耐えきれなくなり、テーブルにあった陶器を思いきり暖炉めがけて投げつけます。すると、ソファの奥から「そこまでしなくたって」と人の声が。驚愕《きょうがく》するスカーレット。

膝が抜けて倒れそうになり、椅子の背をしっかりとつかんだとき、ソファに寝ていたらしいレット・バトラーが立ちあがり、わざとらしいほど丁重なおじぎをして見せた。
「あんなやりとりを聞かされて昼寝を邪魔されただけでも迷惑なのに、命の危険にまでさらされるとはあんまりな」

結婚に関わる内緒話を、知らないうちにソファに寝ていた一番聞かれたくない相手に聞かれてしまうという展開は、エミリー・ブロンテの『嵐が丘』[*17]にも出てきます。恋愛小説においては一種典型的な、〝あるある〟だと言えましょう。『嵐が丘』ではこのあとシリアスな事態を迎えますが、『風と共に去りぬ』の方は、レットとの絡みで非常にコミカルな、「萌《も》え」どころ満載の場面が展開していきます。「萌え」とは日本の漫画やアニメを語るときによく使われる言葉ですが、わたしは『風と共に去りぬ』こそ、漫画など日本の二次元のサブカルチャーに相通ずる世界観を呈する、「萌え」文学の源泉ではないかと考えています。

まず、「萌え」とは何かを改めて解説しましょう。これは、胸がキュンとする、ときめく、急に愛しさがこみ上げてくるといった感情を表す概念ですね。しみじみと長く抱いている愛情のようなものではなく、突発的にキュンとくるような感情。日本の古い文化にたとえて言えば、『枕草子』[*18]の中で清少納言が日常の何気ないものに目をとめて「いとをかし」「うつくし」などと言う、あれが「萌え」だと思います。稚児《ちご》の衣の袖が長すぎて指先だけ出ているのがかわいいなどというのは、袖が長めのパジャマを着ている女の子がかわいいという現代の萌えポイントとまったく一緒です。そして、作り手と受け手が共にそれを「萌えポイント」として認識し、さまざまな作品において作り手がそれを再現し、受け手が確認する、というのが、現代の漫画やアニメの一つの鑑賞作法であり、この〝快さ〟のやりとりが根強い人気の理由の一つとなっています。

同じように、『風と共に去りぬ』を原文で読んでいると、作者のミッチェルがどうしてもこの場面はこう書きたかった、この人はこういうキャラクターとして描きたかった、といった「再現欲求」がひしひしと伝わってくるのです。

たとえば、さきほどのレット初登場の場面の続き。スカーレットが「そこにいらしたのなら、お知らせいただくべきでした」と必死に体面を保とうとすると、レットは「けど、わたしが休んでいるところに入ってきたのはそっちだものなあ」と白い歯を光らせてにやりと笑います。これは、現代のアニメキャラクターで言えば「ドS男子」（S＝サディスティック。ヒロインをからかったり、意地悪をしたりして愛情表現をする男性のタイプ）そのものではないでしょうか。

レットはここで、激情家スカーレットの心意気に惚れ込み、彼女を愛し、支えるようになるのですが、この「庇護者《ひごしゃ》としてのドS男」というのも、日本の少女文学に伝統的に欠かせないものです。たとえば、連載四十年を超えるベストセラー漫画『ガラスの仮面』[*19]の速水真澄。芸能事務所の若社長として、情熱的な天才演劇少女・北島マヤを、いたぶりつつも陰日向《かげひなた》に支える役どころですが、レット・バトラーはその原型とも言えるようなキャラクターです。「萌え」で言えば、方向性は違いますがアシュリも負けてはいません。アシュリの初登場場面を見てみましょう。

グレイの上質な羅紗《らしゃ》の乗馬服に身を包み、フリル付きのシャツをすばらしく引き立てる黒い幅広のクラヴァット［註：ネクタイのフォーマルな呼称］を締めたアシュリが、敷地内の長い並木道を馬でやってきた。（中略）あの長靴《ちようか》がどんなにまぶしかったことか。タイピンのカメオにはメドゥーサの頭が象《かたど》られ、こちらに目を留めるや、鍔広《つばひろ》のパナマ帽をさっと取ったっけ。馬から降り立った彼は手綱を黒人の子《ピカニニー》に放ると、ポーチに立つスカーレットを見あげたのだった。もの憂《う》いグレイの目は笑みをたたえて瞠《みは》られ、ブロンドの髪に明るい陽が射《さ》して、銀の帽子《キャップ》のように輝いていた。（中略）「きみもすっかり大人になったんだね、スカーレット」それだけ言うと、軽やかに石段をあがってきて、手に口づけをした。

まさに白馬の王子ですね。容姿や出立《いでた》ちといい、仕草といい、動作のつなぎ、そのテンポといい、決めゼリフといい、完璧です。まさに萌え要素が満載と言えましょう。

日焼けした浅黒い肌がグラマラスな紳士レット。白馬の騎士アシュリ。どちらも萌えキャラですが、皮肉屋で嫌味な分、レットの方が業《ごう》の深さを感じます。もう少し、レットのドSぶりを追ってみましょう。

## 「ミセス・チャールズ・ハミルトンに――百五十ドル。金貨で」

アシュリにふられた腹いせにメラニーの兄チャールズ・ハミルトンと結婚するも、夫が出征後二か月にして麻疹《はしか》の後に肺炎を併発して亡くなり、あっというまに子持ちの未亡人となったスカーレット。アトランタに移り、メラニー、ピティパット叔母と暮らし始めますが、南部のしきたりで喪中は地味な服でおとなしく過ごさなければならないことがおもしろくありません。

あるとき、病院の寄付金集めの慈善バザーを手伝うよう、メラニーと一緒に駆り出されるのですが、会場にいる娘たちを眺めては「あのドレス、わたしが着たらどんなに素敵かしら」と嫉妬の炎を燃やします。そこに登場するのが、仕事の取引でアトランタに来ていたレット。チャールズが亡くなったことをメラニーから聞かされる一方、アシュリとの一件を念頭に「恐るるなかれ、美しき人よ！　あなたの罪深き秘密は胸にしまっ

す。

「おきますぞ!」とスカーレットにささやくなど、ここでもドSキャラぶりが炸裂《さくれつ》しま

てお

このあと、病院への寄付金をさらに募るために、ヴァージニア・リール[*20]という華やかなダンスの相手の女性を競り落とす、人身売買のような過激なイベントが催されます。「メース〔註:Missのクレオール訛《なま》り〕・メイベル・メリウェザーに二十ドル」などと盛り上がる中、レットの声が響きました。「ミセス・チャールズ・ハミルトンに〔註:スカーレット〕――百五十ドル。金貨で」。

これは破格の金額で、いまの日本円で四十万円ほどに相当するでしょうか。しかも金貨というところがまたポイント。その頃、合衆国から離脱した南部連合国が発行していた南部紙幣というお金があったのですが、だんだん価値が落ちてきていました。しかし金貨であれば価値は揺るがない。こんな大金をポンと、しかも金貨で出すというレットの財力が示されています。しかもこのリールはダンスの種類が変わるたびに挟まれるようなので、この日、少なくとも七、八回は入札したでしょう。

慈善目的とはいえ、女性を競売にかけるアトラクションに、既婚の奥様たちはみな卒倒しそうになり、気の弱いピティパット叔母さんは実際に気絶してしまいます。メラニーは「こんなこと――こんなこと、奴隷の競売みたいだと思わない?」と声をひそめ

て言うのですが、ここには、同じことをしても白人が黒人を買うのなら問題ないと思っている南部人への、作者ミッチェルによる辛辣《しんらつ》な批評がまぶされていることも付け加えておきましょう。

## レットがメラニーの目の奥に見たものとは？

さて、この慈善バザーのシーンでもう一つわたしが注目したいのは、レットがメラニーに挨拶をする場面です。彼はメラニーたちの婚約発表のパーティで一度ちらりとメラニーに会っていますが、ほぼ初対面に近い。この挨拶以降、なぜかメラニーは、徹底した冷笑家のレットが唯一、心から敬い、真摯《しんし》な態度で接する人物となります。兄チャールズは死に、夫アシュリは戦地にいることをメラニーから聞いたレットは言います。

「お察しいたします」バトラーはことさら重々しく答えたが、メラニーのほうをむいて、気遣わしげな彼女の目の奥の奥まで探るような顔をすると、にわかに表情が一変し、本人の意に反して敬いとやさしさがその顔に広がった。「なんて気丈なかたなんだ、あなたは」

旧訳や原文でここを読んだときには特に何も思わなかったのですが、いざ訳してみると、わたしはここにいわく言い難い引っ掛かりを感じるようになりました。ほとんど初めて言葉を交わす淑女に対し、いきなり「目の奥の奥」までのぞき込むという不作法ぶりは、レット・バトラーらしいのかもしれませんが、それにしても何か唐突さを感じるのです。

レットは、メラニーの瞳の奥に何を見て取ったのか。なぜ表情が変わったのか。どうして「気丈なかた」と言ったのか。メラニーの方は、「お兄さんの喪中なのに人前に出てバザーの手伝いをするなんて偉いですね」という意味だと解釈するのですが、そこへバザーのお客さんがやってきて二人の会話は不自然に打ち切られます。

レットはなぜメラニーの瞳の奥をのぞき込み、そこに何を見たのか――。この謎については第4章で考えたいと思います。

## 文体は最先端、キャラクターは「リユース」

さきほどから引用しているレットのからかいや挑発、仕草などを見ていると、まさに現代のアニメや漫画がコマ割りで見えてくるようです。実際、俳人で文芸評論家の千野《ちの》帽子《ぼうし》は『風と共に去りぬ』の楽しみ方指南として、「レット・バトラーをアニメキャラとして消費せよ」という記事を書いています。その中で千野さんは、「愛を語りながら金の算段か。女の本性ってやつだな！」というレットの決めゼリフを、いろいろなアニメのキャラクターに言わせてみようと提案しています。たとえば、『機動戦士ガンダム』のシャア、『ルパン三世』の石川五ェ門、『ドラえもん』のスネ夫、などなど。

わたしはこれを読んだとき、とてもおもしろく思うと同時に、やっと『風と共に去りぬ』が、作者の意図したところに戻ったような気がして、深い感慨に打たれました。千野さんはまず、レットを見て「まるでシャアみたいだな」と思い、そこからさまざまな別のキャラクターを召喚して合成を行った。これは、ミッチェルが『風と共に去りぬ』のキャラクターづくりをしたときの発想と手順にそっくりなのです。

先述した通り、ミッチェルはモダニズム文学に背を向けて、十九世紀イギリスのヴィクトリア朝文学を参考の一つにこの小説を書き上げました。刊行されると、一部からは人物造形が嘘っぽい、ステレオタイプで陳腐だという批判が、とくにレット・バトラーに関してあったようです。

そうした声に対し、ミッチェルは恬《てん》としてこう応えています。「わたしのキャラクターはたんなるコンポジット（合成物）ですから」。つまり、一回性のオリジナリティなるものを求めて同時代の作家らが汲々《きゅうきゅう》としているときに、「いや、わたしのキャラはリユース（使い回し）だから気にしないで」と言ってのけているわけです。十九世紀の大ヒット小説『セイント・エルモ』[*21]の主人公を引き合いにレットを評した作家には、「レットはきっと、セイント・エルモかロチェスター（シャーロット・ブロンテ『ジェイン・エア』[*22]の恋人役）に準《なぞら》えられると思っていましたから」と嬉々《きき》としたようすで書き送り、レットがストック・フィギュア（類型的な役割を演じる出来あいのキャラ）だという指摘に対しては、「時代遅れ、あるいは時流に合わなくなったキャラクターたちをひとまとめに捨ててしまうより、彼らがかつて生きていた時代背景の中で再活用できるならした方がいいと思います」とあっさり述べています。要するに、自分のキャラのモデルは目の前のリアルな人間ではなく、徹底的に二次元ベースだと言っているのです。

　これは第3章で詳述しますが、ミッチェルは、ときに前衛作家もかくやという斬新な文体と話法を取り入れてこの小説を書いているのですが、人物造形にはあえて既視感のある、「ああ、これ知っている」という前時代的なストック・キャラクターを再利用《リユース》したのですね。これが、スタイリッシュだけれど読みやすい、世紀のベストセラーが生まれた秘密だとわたしは考えています。新しい南部小説を書くのだと意気込んで、文体も人物造形も何もかも新しくしてしまったら、おそらくもう少し近寄りがたくなり、これほど読まれるものにはならなかったでしょう。

また、このキャラクターづくりの姿勢と手法は、非常にリプロダクティブ（再生性が高い、応用がきく）です。そのため、映画、舞台、続編小説など数々の二次作品が生まれる。これもまた、本作が刊行から長い時を経てもなお古びない理由の一つではないかと思います。生まれながらの古典にして同時代文学。それが『風と共に去りぬ』なのです。

**＊1　貧乏白人（ホワイト・トラッシュ）**
アメリカの低所得白人層に対する蔑称。特に南部の農村地帯や奥地に住む層を指し、貧しく教育水準の低い南部の後進性の象徴という意味で用いられた表現。「プア・ホワイト」とも。

**＊2　ジャズ・エイジ**
アメリカ社会は第一次大戦の終結から一九二九年の大恐慌勃発まで大繁栄を謳歌した。この社会相を、当時の華やかなジャズ音楽になぞらえジャズ・エイジと呼ぶ。若者たちは大戦後の平穏と大量消費社会の中で、禁欲や勤勉を貴ぶピューリタニズムの価値観を覆そうともがき、女性のショートカットの流行など風俗も急変した。

**＊3　ウィリアム・フォークナー**
一八九七〜一九六二。アメリカ南部の名家出身の作家。第一次大戦末期にカナダのイギリス空軍に入隊するが間もなく終戦。のち故郷ミシシッピ州の架空の土地〈ヨクナパトーファ〉を舞台に、農園主や奴隷、貧乏白人らを通して南部人の心理を描いた。一九五〇年にノーベル文学賞を受賞。代表作に『響きと怒り』『サンクチュアリ』『八月の光』『アブサロム、アブサロム！』など。

**＊4　スコット・フィッツジェラルド**
一八九六〜一九四〇。アメリカの作家。第一次大戦では少尉に任官するも内地勤務。戦後に『ジャズ・エイジの物語』などの作品で大戦後の若者たちの思考や心理を描き、「ジャズ・エイジ」「ロスト・ジェネレーション」の代弁者としてもてはやされた。代表作は『グレート・ギャツビー』。

**＊5　アーネスト・ヘミングウェイ**
一八九九〜一九六一。アメリカの作家。第一次大戦では赤十字要員としてイタリア戦線に参加。一九二六年に『陽はまた昇る』で大戦後の

若者たちの生態を描き、「ロスト・ジェネレーション」の代表的存在となる。五四年にノーベル文学賞を受賞。代表作に『武器よさらば』『老人と海』『誰がために鐘は鳴る』など。

**＊6　ロスト・ジェネレーション**

第一次大戦の惨禍を直接あるいは間接に体験し、虚無と絶望に陥った若いアメリカ人作家たちを指す言葉。「失われた世代」と邦訳される。ヘミングウェイの『陽はまた昇る』の題辞、G・スタインの You are all a lost generation に由来。

**＊7　ヴァージニア・ウルフ**

一八八二〜一九四一。イギリスの作家・批評家。文学者レズリー・スティーブンの娘に生まれ、文学一派〝ブルームズベリー・グループ〟を率いた。代表作に『ダロウェイ夫人』『灯台へ』、フェミニズム評論の古典とされる『自分ひとりの部屋』など。

**＊8　ジェイムズ・ジョイス**

一八八二〜一九四一。アイルランドの作家。英領アイルランドに生まれるが、青年期以降ほとんどヨーロッパ大陸で過ごす。代表作に『若い芸術家の肖像』『ユリシーズ』『ダブリン市民』『フィネガンズ・ウェイク』など。

**＊9　マルセル・プルースト**

一八七一〜一九二二。フランスの作家。持病の喘息が悪化するなど不幸が重なるなか外部世界と絶縁し、一九〇九年から『失われた時を求めて』の執筆を開始。死の直前まで書き続けた。

**＊10　プランテーション**

輸出用の単一農作物を大量生産する大型の農園。十七世紀以降のカリブ海植民地における砂糖や、イギリス領北アメリカのタバコなどのプランテーションから始まる。十九世紀に入るとイギリスの産業革命によって綿花の需要が急増し、アメリカ合衆国南部の農園の多くは綿花プランテーションに変わった。植民地時代は主として西アフリカのギニア湾岸から狩り出された黒人奴隷、十九世紀に入るとその子孫であるアメリカ生まれの黒人奴隷を酷使した。奴隷解放後も黒人を使役する綿花プランテーションが存続した。

**＊11 ディープ・サウス**

南北戦争前、奴隷制を布くオールド・サウスは十五の州からなり、そのうち南に位置する八州（サウスカロライナ・ジョージア・アラバマ・ミシシッピ・ルイジアナ・アーカンソー・フロリダ・テキサス）はロアー・サウスと呼ばれ奴隷人口が四〇％以上を占めた。さらに、その八州のうちサウスカロライナからルイジアナまでの五州がディープ・サウスと呼ばれた。最も保守的な農業地帯であり、北部との戦争を主導した南部勢力の中心地。

**＊12 ヴィクトリア朝文学**

ヴィクトリア女王（在位一八三七〜一九〇一）治世に書かれた文学。当時の大英帝国は産業革命に成功し、世界各地に植民地を擁する黄金時代を迎えたが、労働問題や都市問題なども表面化した。十九世紀前半までのロマン主義文学に代わって、社会の底辺に目を向け、庶民を主人公にしたディケンズの『オリヴァー・トゥイスト』が生まれたり、ジョージ・エリオットやブロンテ姉妹ら女性作家の活躍が目立ちはじめた。

**＊13 フラッパー**

もとは羽をバタバタさせるだけでまだ飛べないひな鳥を意味したが、第一次大戦後のアメリカに現れた、伝統に抗する若い女性を指す言葉となる。ジャズ・エイジの花形で、飲酒、喫煙、短いスカートに真っ赤な口紅、アイシャドーなどがトレードマーク。

**＊14　〈タラ〉**
アイルランドのミース州に「タラの丘」という場所がある。「かつてケルト人の王がそこで戴冠した」「アイルランドにキリスト教を伝えた聖パトリックにかかわる場所である」等の伝承があり、今日でもアイルランド人にとっての聖地とされている。

**＊15　ウェイド・ハンプトン**
騎兵隊を指揮し数々の武勲を立てた南軍の英雄。南北戦争では大佐から中将に昇進、戦後はサウスカロライナ州の知事や上院議員を務めた。『風と共に去りぬ』の中では、チャールズ・ハミルトンが崇拝し入隊した騎兵隊の指揮官であり、チャールズの病死を電報でスカーレットに知らせるハンプトン大佐として登場。

**＊16　縛り首になるような悪事**
ピューリタン革命期（一六四〇～六〇年）のイギリスは、アイルランドのカトリック教徒の所有する土地を次々と略奪した。一六四一年にカトリック教徒はおよそ六〇％の土地を所有していたが、半世紀ほどでその割合が一四％にまで激減したとされる。『風と共に去りぬ』の中でスカーレット・オハラの父ジェラルドは、イギリス人不在地主の地代徴収人を殺害した疑いで首に懸賞金を懸けられ、二十一歳のときにアメリカに移住してきたという設定。

**＊17　エミリー・ブロンテの『嵐が丘』**
イギリスの作家エミリー・ブロンテ（一八一八～四八）が一八四七年に発表した長編小説。作品中、ヒロインのキャサリンはベンチで横になる主人公ヒースクリフに気づかずに彼への想いを家政婦のネリーに語るが、ヒースクリフはキャサリンに捨てられたと誤解し嵐が丘から出奔。三年後、大金持ちとなって再び姿を現したヒースクリフのキャサリンへの執念の愛と周りの人々への復讐劇が始まる。

**＊18 『枕草子』**
平安時代中期の随筆。作者は清少納言。一条天皇のきさき（中宮）定子に仕えた頃の日記的章段や、自然や人事に関わる自身の感想を著した随想的章段などからなり、独自の視点から「をかし（おかし）」の美学が展開される。紫式部の『源氏物語』と共に平安文学の最高傑作と評される。

**＊19 『ガラスの仮面』**
美内すずえ作の少女漫画。平凡な少女・北島マヤが、往年の名女優・月影千草に演技の才能を見出され、同世代のスター・姫川亜弓と切磋琢磨しながら伝説の舞台『紅天女』の主演を争う。速水真澄は『紅天女』の上演権を持つ大都芸能の社長。一九七六年から連載が始まり、これまでに単行本四十九巻が刊行され、二〇二三年時点で完結していない。

**＊20 ヴァージニア・リール**
男女それぞれが一列に並び、向かい合って始まるアメリカのフォークダンス。アイルランドやイギリスのカントリーダンスに由来し、イギリス人がヴァージニア植民地に持ち込んだのが始まりとされる。『風と共に去りぬ』では、この日のダンスパーティはまずヴァージニア・リールから始まりワルツ、ポルカ等々と続くが、司会進行のミード医師が「紳士諸君、お望みのレディと一緒にリールの一番手になりたければ、お相手を競り落としていただこう」と、男たちを煽る。

**＊21 『セイント・エルモ』**
アメリカ南部の作家オーガスタ・ジェーン・エヴァンスが一八六六年に発表した作品。ヒロインの作家エドナは、殺人の罪を犯し放浪の旅に出たエルモが帰郷し、改心して牧師になると、彼の希望を受け入れて、作家である自身のキャリアを捨てて結婚に踏み切り、十九世紀アメリ

カ風の〝ハッピー・エンド〟で終わる。

**＊22　『ジェイン・エア』**

イギリスの作家シャーロット・ブロンテ（エミリー・ブロンテの姉）が一八四七年に発表した長編小説。ロチェスター家の家庭教師となったジェインは主人のエドワード・ロチェスターと愛し合い結婚することになるが、彼に西インド諸島出身の妻がいることがわかり逃げ出す。その後、妻の放火によって屋敷は焼け、妻は狂死、エドワードが盲目になったことを知ったジェインはエドワードのもとへ戻り、彼との結婚に踏み切る。

# 第2章——アメリカの光と影

## 恐ろしい戦争、過酷な戦後

『風と共に去りぬ』の物語において、南北の対立は、物語の序盤から一つの大きな背景幕として存在し続けます。主役のスカーレット、レット、アシュリ、三人ともそれぞれの理由から戦争には反対しており、のちにメラニーも夫と考えを一にするようになります。先のセミノール戦争[*1]、メキシコ戦争[*2]で出兵した老人が戦争熱にのぼせた若者たちにこうわめき散らす場面もあります。

「血気盛んな若造たちよ、わしの話を聴け。戦争などやめておくがよい。わしは戦争に行ったからよく分かっとる。そうだ、セミノール戦争に行ったし、愚かなことにメキシコ戦争にまで行った。おまえたちはだれひとり戦争のなんたるかをわかっとらん。美しい馬に乗り、娘どもに花束を投げてもらって、英雄として帰還するのが戦争だと思っとるんじゃろう。そら、大違いってもんだ。ああ、違うとも！　戦争ってのはな、餓《う》えることだ、じめじめしたとこで眠って麻疹や肺炎に罹《かか》ることだ。麻疹でも肺炎でもなければ、腹くだしだ。そうとも、戦争に行けば腹がピーピーになる――赤痢やらなんやらな――」

こうして主役たちも従軍経験者も戦争に反対していますが、戦闘へと向かう流れは止まることなく、南部諸州は南北戦争に突入してゆくのです。現代のわたしたちにも、これは他人事と楽観していられる光景ではありませんね。アシュリはのちに「戦うことの勇気」をこのように喩《たと》えます。

「それは勇気とは違う」アシュリは疲れた声で答えた。「戦争というのはシャンパンみたいなものなんだ。勇者だけではなく意気地なしの頭にもあっという間に酔いがまわる。戦地では、勇猛果敢になるか殺されるかだからね、どんな阿呆《あほう》でも勇敢になれるさ。ぼくが言いたいのはもっと別のことなんだ。ぼくの臆病《おくびょう》さというのは、初めて砲撃の音を聞いたとたんに逃げだすよりも、はるかに質《たち》のわるいことだ」

戦争への流れに抗い、武力で戦わないことの方がはるかに勇気を要する――そうしなかった自分の〝臆病さ〟をアシュリは「はるかに質のわるい」と言っているのではないでしょうか。

さて、話を戻します。ヒロインであるスカーレットが〈タラ〉の地にいる間は、男性が徴兵されてパーティがつまらなくなるというくらいで、戦争はどこか遠くの出来事のように感じられていました。

その状況が変化するのは、第1巻のあらすじで見たように、スカーレットがアトランタに移って以降のことです。戦火が間近に迫り、街が炎上する——。スカーレットたちが決死の覚悟で〈タラ〉に向け脱出する場面は、この小説で最も手に汗握るパートの一つと言えましょう。第2章ではこの場面を含む、第2巻から第3巻中盤までのあらすじを紹介しましょう。

出征していたアシュリが賜暇《しか》でアトランタの家に一時帰宅します。アシュリは、自分になにかあったら妻のメラニーの面倒を頼むとスカーレットに言い残し、再び戦地に向かっていきます。しばらくのち、彼がヤンキー（北部）軍の捕虜になったという報せが飛びこんできます。

ジョンストン将軍率いる南部連合軍は、シャーマン将軍率いるヤンキー軍につぎつぎと敗退を強いられ、ジョンストンがフッドに交替しても敵の進撃を止められずにいました。アシュリとの子を授かったメラニーは臨月を迎えますが、負傷した軍人で病院はあふれ、医師の人手が足りません。そんな折、スカーレットのもとに、〈タラ〉で最愛の母エレンが病に伏しているとの報せが。なぜ自分はメラニーを捨てて〈タラ〉へ逃げないのか——彼女は葛藤しますが、アシュリとの約束が勝ちます。敵軍が迫るなか、スカーレットは頼りない召使いのプリシーと二人でメラニーの難しいお産を乗り切り、生まれた男児はボーと名づけられました。

難攻不落のはずのアトランタ市は四十日の包囲戦の後、陥落。スカーレットたちはレットに助けられ、大火に包まれる街を辛くも脱出して〈タラ〉に向かいます。その途上、レットはいきなり「軍に入る」と言い出し、スカーレットに愛の告白をして去っていきます。スカーレットたちは死にもの狂いで〈タラ〉にたどりつきますが、出迎えたのは魂の抜け殻のようになった父ジェラルドでした。母は前日、腸チフスで亡くなっていたのです。

ここから、〈タラ〉を支える重責がいっきにスカーレットの肩にかかってきます。元はウィルクス家の奴隷が耕していたちっぽけな畑で野菜を漁《あさ》り、貪《むさぼ》り食べるスカーレット。彼女はこの日、「もう決してひもじい思いはしない」と神に誓います。そのためには殺しでもなんでもやる覚悟でした。

南部連合軍は投降し、戦争は終わりを告げました。しかし再建時代《リコンストラクシヨン》が幕を開けると、南部には政治汚職や不正選挙が横行し、新たな苦難が次々と降りかかります。慣れない畑仕事で身を粉にするスカーレット。〈タラ〉はヤンキー軍の兵士たちの略奪と襲撃にあいます。そんななか、屋敷を守ろうとするスカーレットは、侵入してきた兵士を一人銃殺しました。このとき、重いサーベルを手に駆けつけてきたメラニーに、スカーレットは畏怖《いふ》の念を抱きます。射殺した兵士の財布や貴重品を奪うというしたたかな提案をしてきたのもメラニーでした。こうして共に闘ってくれるメラニーに信頼を寄せはじめている自分に、スカーレットは気づきます。

あるとき、一人の帰還兵が〈タラ〉に迷い込んできて倒れました。彼はウィル・ベンティーンといい、戦傷で片足を失って義足を付けていました。奴隷わずか二人を所有していた農家も失《な》くし、天涯孤独の身。しかし、彼はとてつもなく優秀な男で、欲がなく、いつも醒めた目で的確な判断をくだし行動する人でした。彼がスカーレットの右腕となり、〈タラ〉は再生していきます。そうするうちに、ついにアシュリが帰還しました！

ところが、〈タラ〉は不当に高額の税金を追徴されます。スカーレットは金の調達に困ってアシュリに相談しますが、頼りになりません。果樹園で話し合っているうちに気持ちが高まり、二人は熱い口づけを交わし結ばれそうになりますが、名誉を重んじるアシュリが踏みとどまります。もう二度とこんなことはしない、と互いに誓い合う二人でしたが……。

## なぜスカーレットはメラニーを見捨てなかったのか

戦火が迫るアトランタで、体が弱いメラニーのお産が近づくなか、スカーレットに届いたのは母エレンが重病との報せでした。母のためにも、自分の身の安全のためにも、一刻も早くアトランタを出て〈タラ〉に帰りたい。しかし、スカーレットはそうしないのです。彼女が葛藤する場面を見てみましょう。

「まったく、メラニーがいるばっかりに！」何度そう思ったかわからない。「彼女もピティ叔母さんと一緒にメイコンへ行けばよかったじゃない。わたしなんかじゃなく、親戚《しんせき》のいるメイコンに身を寄せるのが筋だわ。（中略）あの人さえメイコンに行っていれば、わたしも今ごろはお母さまのもとへ帰っていられたのに。いいえ、いまからだって——そうよ、いまからでも、いくらヤンキー軍がいようと、メラニーのお腹《なか》に赤ん坊さえいなければ、一か八か〈タラ〉へむかうところだわ。（中略）なのに、メラニーのお産を待たなくてはならないなんて！　ああ、お母さま、お母さま！　死なないで！……どうしてまたあの赤ん坊はいつまでも出てこないのかしら？　今日はミード先生に会えるだろうから、エスコートさえつけばさっさと里帰りできるよう、赤ん坊を早く出す方法がないか訊いてみよう。メラニーのお産は大変なことになると、ミード先生はおっしゃってたっけ。ああ、神さま！　死んだりしたらどうしよう！　メラニーが死んだら。メラニーが死んだら！　そうしたらアシュリはわたしと——いいえ、そんなことを考えてはいけない。恥ずかしいことだわ。でも、そうすればアシュリは——だから、そんなこと考えちゃだめよ。どっちみち彼はもう死んでいるだろうし。ともあれ、メラニーの世話をすると約束させられたんだし。でも——もしわたしが世話をしなければ、メラニーは死ぬかもしれないし、しかもアシュリが生きているとしたら——だめだめ、そんなこと考えちゃ。罪深いことだわ。それに、お母さまの命を助けてくれたらきっと善い人間になりますって神さまに誓ったんだもの」

スカーレットの思いは千々《ちぢ》に乱れていますね。メラニーが死んだら自分はアシュリと結ばれるという妄想をしそうになっては、必死に何度も打ち消しています。

結局、スカーレットがメラニーを見捨てなかった理由としては、一つは、メラニーの面倒を見るというアシュリとの約束があると思います。自分が見捨ててメラニーが亡くなったとは、とてもアシュリには言えないという気持ちですね。もう一つは、危機ゆえの信心でしょう。スカーレットは普段ろくすっぽお祈りも唱えない不信心な娘なのですが、こういうときだけは、神に対し母を助けてくれたら善人になると誓ったと言っています。善人であろうとするなら、メラニーのことは見捨てられませんね。

## 芽生え始めたメラニーとの友情

しかしスカーレットがメラニーを見捨てなかったのには、ほかにも理由がありそうです。スカーレットは認めないでしょうが、彼女の中に、メラニーに対する侮りがたい気持ちが湧きあがってきていたのだとわたしは思います。これはやがて強い絆と友情に姿を変えていきます。

前章で紹介した慈善バザーのシーンに時間を戻しましょう。前線に出ず、ジョージア州に残っている民兵隊が、立派な教練の様子を披露する場面があります。スカーレットが社交辞令で「りっぱだったわね?」と言うと、メラニーは「ええ、彼らもグレイの軍服[*3]を着てヴァージニアで戦ったら、もっともっとりっぱでしょうね」と堂々と言うのです。近くには彼らの母親たちがいたにもかかわらず。メラニーいわく、誰かが故郷に残って街を守らなければならないなどというのは臆病者の言い訳だ、全兵士が前線に行って戦えばヤンキー軍などイチコロのはず。「ちょ、ちょっと、メラニー!」とスカーレットは啞然《あぜん》とするのですが、このあたりで、いざというときには歯に衣着《きぬ》せない言い方をするメラニーに対する見方が少し変わったと思うのです。

辛くも〈タラ〉に帰り着くと、メラニーはさまざまな場面で果敢にスカーレットを助けるようになります。たとえば、略奪に押し入ったヤンキー兵をスカーレットが撃ち殺す場面。自分が人殺しをしたことに呆然とし、同時に「残忍な冷たい悦《よろこ》び」が湧きあがってきたスカーレットがはっとして目を上げると、そこにはボロボロのねまき姿で重いサーベルを抱えたメラニーがいました。

沈黙のなかでメラニーとスカーレットの目があった。いつもやさしいメラニーの顔は冷酷な誇りで輝き、そのほほえみは称賛と烈《はげ》しい歓喜にあふれており、それはスカーレット自身の胸に渦巻く激情に勝るとも劣らなかった。

まあ、驚いた――メラニーもわたしと同類なのね！　いまのわたしの気持ちを分かっているんだわ！　スカーレットは長く思える一時《ひととき》にそう考えた。この人ならやはり同じことをしたはずよ！

こういうところに、わたしはメラニーの〝激情〟と、空恐ろしい覚悟を感じます。スカーレットという人は、他人の目を気にせず突飛なことをするエキセントリックな女性ではあるのですが、根の部分はいたって常識人です。怒りでカーッとなっても、最後の一線で「これをやったら私の生活はだめになる」と踏みとどまることができる人です（そろばん勘定が先に来る、とも言えますが）。しかしメラニーには、下手をしたら一線を越えてしまう危うさがいつもどこかにある。メラニーが秘める〝狂気〟については、このあと第3章で詳しく検討してみたいと思います。

## レットがスカーレットを置き去りに

再び場面を戻し、今度はレットがスカーレットたちを救出するところを見てみましょう。

レットは燃え盛るアトランタの街で弱々しい馬と荷車を盗み、スカーレットたちを助けて〈タラ〉へと向かいます。しかし、途中で何を思ったか、突然南部連合軍に志願すると言い出して、スカーレットたちを置き去りにしてしまいます。「どうしてわたしにこんな仕打ちができるの？　なぜ置き去りにするの？」とわめかんばかりのスカーレットに、レットは「おいおい、よせよ、スカーレット！　きみは無力なんかじゃないだろう。きみほど身勝手で剛情《ごうじょ》っぱりな人間が無力であるはずがない。まんいちヤンキー軍がきみを捕まえちまったら、神よ、彼らを助けたまえ」と返します。
そして御者台《ぎょしゃだい》から降りると、スカーレットの方に回り込み、彼女を馬車から降ろしました。

「愛しているよ、スカーレット。わたしたちは似た者同士だからね。おたがい裏切り者だし、身勝手でどうしようもないやつだ。自分の身さえ安泰安楽であれば、全世界が滅びても屁《へ》とも思わない」

ここにも「似た者同士」が出てきました。そしてレットはスカーレットに熱い口づけをし、去っていきます。

ほかの南部人たちが戦争の大義に高揚するなか、つねに醒《さ》めた目を持ち、戦況を冷静に分析し、密かに商機をとらえて大儲《おおもう》けをしていたレット。なぜ彼は、ここで唐突に軍に志願などしたのでしょうか。

小説では、地面に倒れ伏す少年兵を見たあと、レットの顔には「妙に不機嫌な表情」が浮かんだとあり、その後、彼は入隊を決意します。ここで南部を愛する気持ちが蘇《よみがえ》ったのか、あるいは、いつもの卑劣な悪漢気取りに俠気《きょうき》が兆《きざ》したのか――。真相はわからないのですが、作者ミッチェルの事情から言うと、ここでスカーレットはどうしてもレットに見捨てられる必要があったのだと思います。

と言うのも、この前後のパートには、〈タラ〉への道のりと到着後を描く本作の〝起源〟があるからです。レットに捨てられ、死にもの狂いで〈タラ〉にたどり着いたら母が亡くなっていて、父もショックで廃人同然となり、スカーレットが一家と〈タラ〉を守る重荷をその細い肩に背負う決意をする。『風と共に去りぬ』のここまでの部分は第一章を除けば、最後に書かれたそうです。どうしても書けない、構想すら浮かばずにいたのですが、ある新聞のインタビューと本人の手紙によれば、一九二九年の秋のこと、ウォール街大暴落（世界恐慌の引き金の一つになった株の大暴落）からまもないある日、リッツ・ホテルにいたら何もかもいっぺんに降りてきたといいます。ジョージアの赭土《あかつち》と緑葉の匂いが不意に漂い、物語が全部降りてきた。ミッチェルは家に駆け戻り、書いて書いて書きまくったそうです。

最後に書きあげたこのパートが表すのは、スカーレットがレットと母エレンという二人の庇護者を二段階で失う、ということです。そして物語の構造上、レットはスカーレットがエレンを失う前にいったん去らなければなりませんでした。

## レットとエレン、二人の「母」

レットは、スカーレットにとってもう一人の母のような存在です。非常に男性らしいキャラクターではあるのですが、実は赤ちゃんをあやすのがうまかったり、スカーレットのつわりの世話をしてくれたりするなど、女性的なところも多分にある。実際、彼は物語終盤で〝イクメン〟に変貌します。

もう一つ、レットがスカーレットの母的存在である理由として、ミッチェルの母エレンが彼女にしたお説教というものに注目してみたいと思います。

小学生だったミッチェルが「学校に行きたくない」と駄々をこねたとき、母が彼女を馬車に乗せてジョーンズボロ*4の（この物語で言えば〈タラ〉への道にあたる）街道を走り、カンカン照りの道に引きずり下ろして語ったという次のような言葉です。

かつてこのあたりには裕福な名家の屋敷が軒《のき》をつらねていたけど、いまは廃墟《はいきょ》になっているでしょう。でも、一方、しっかり建っている家もある。

彼らはむかし安泰の世に暮らしていたのに、ある日突然、足元の世界が吹き飛んでしまった。あなたがいまいる世界もいつか吹き飛ぶでしょう。新しい世界に対処するすべを身に着けていなければ、あなたも大変なことになりますよ。ひとつの世界が終わりを迎えたら、あとはそれぞれが持てる才智と腕前だけでやっていくしかないんです。

（ミッチェルの書簡一九三六年七月十日付より要約）

特に女性の場合、破滅から自分の身を救うのはひとえに教育だ、だから学校には行かなくてはいけない、というわけです。スカーレットが頼り切っていた母のごとき庇護者のレットも、夜遅くに〈タラ〉への道を馬車で走り、そこでいきなりスカーレットを引きずり下ろしました。また、この場面のかなりあと、スカーレットに対してレットがアシュリを批判するシーンで、レットはこう言っています。

ひっくり返ったいまの世の中では、ああいう育ちの人間はなんの役にも立たないし、なんの価値もない。世界が逆さまになれば、決まって真っ先に滅びる人種だ。それは、そうだろう？　戦おうともしないし、戦うすべも知らないんだから、生き残るに値しない。世界がひっくり返ったのはこれが最初でも最後でもないだろう。むかしからあることだし、これからも繰り返される。そしてそうなった日には、だれもが何もかもを失い、すべての人々は平等になる。全員がふりだしに戻って、何もないところから再スタートだ。そう才智《さいち》と腕っぷしだけで勝負するんだ。

ミッチェルは、自分のキャラクターにはモデルはいないのだけれど、このシーンだけは、昔言われた母のお説教をほぼそのまま使ったと認め、その母の教えがこの大長編の〝起源〟になったとも書いています。

## 母の喪失と真の自立

もう一つ、レットとエレンという二人の「母」には見逃せない符合があります。

さきほど、倒れる少年兵を見たあとレットに「妙に不機嫌な表情」が浮かんだと言いましたが、その前後の記述を見てみます。「マリエッタ通りに近づくと木々はしだいに姿を消し、建物の上まで高く燃えさかる猛火で、通りや家々は昼間より明々《あかあか》と照らしだされ」ていました。「禍々《まがまが》しい赤い光に染まって、レットの浅黒い横顔が古代硬貨の頭像みたいにくっきりと浮かびあが」ります。そして倒れる少年兵を目撃したあと、「木材が焼け落ちるバリバリッという音がし、見ると、馬車を停めて火の手を避けていた倉庫の屋根までを、猛火が薄い舌で舐《な》めとろうとしていた」と書かれています。

一方この夜、〈タラ〉では、押し入ってきたヤンキー兵に綿花を焼かれていました。

このときの様子を、召使のディルシーはこう説明しています。

「その火であたりは昼間みたいに明るかったですが、あたしらはお屋敷まで燃えるかと震えあがったです。この［註：二階の］部屋までものすごく明るくなって、（中略）窓にも炎がぎらぎらして、それでエレンさまは起きてしまったようで、ベッドに体を起こして大声で何度も叫んだです」

「昼間みたいに明るかった」という描写が、この二つのシーンには共通しています。〈タラ〉で綿花が焼かれたときというのは、おそらく、もう一人の母レットが、スカーレットを捨てていこうと決意したときであり、その瞬間に、エレンも〈タラ〉で事切れたのではないか。この二つの出来事は、密かに同時刻に設定されているのではないかというのが、わたしの読み解きです。

こうして二人の母に去られることで、スカーレットの子ども時代は終わり、ミッチェルが書きあぐねていたピースは埋まり、物語が完成しました。

このあとスカーレットが自力で生きていくことを誓う、有名な畑のシーンを引用しておきましょう。ラディッシュをかじり、力なく土にうつ伏せになるスカーレット。じっとしていると、死んだ人たちや失われたものが頭を駆け巡ります。

ようやく立ちあがって、黒焦げになった〈トウェルヴ・オークス〉の廃墟をふたたび目にしたとき、スカーレットは頭を高くあげていた。その顔からは、なにかが――若さと、美と、心にひそむ優しさがきっぱりと失われていた。過ぎたことは過ぎたこと。死んだ人たちは帰らない。かつての懶惰《らんだ》なぜいたくの日々は二度ともどらない。スカーレットは重たいバスケットを腕に掛けると同時に、自分の気持ちと人生にも切りをつけたのだった。（中略）「神に誓って、神に誓って、ヤンキーなんかに〝イチコロ〟にされるもんですか。この地獄を生き抜いて、なんとか片が付いたら、もう二度とひもじい思いはしない。〈タラ〉のみんなも飢えさせない。ものを盗み、人を殺《あや》めることになろうと――神に誓って、もう決してひもじい思いはしない」

こう誓いを立てることで、スカーレットは庇護のもとにあった娘時代を抜け出し、自立の道を歩み出します。

## 貴公子アシュリの〝生き地獄〟

戦争が決着して帰還したアシュリは、〈タラ〉でスカーレットたちとの同居を始めます。アシュリの実家〈トウェルヴ・オークス〉をはじめ近隣の家々や畑が荒廃したなか、〈タラ〉で暮らす人たちにとっては食べ物の確保が目下の最重要課題です。しかし、アシュリは片足を失った帰還兵ウィル・ベンティーンと共に働こうとするも、貴族のように育てられたため、まったく農作業に向いていません。お金の工面ができるわけでもなく、スカーレットの慈悲に頼らざるを得ず、つらい立場にあります。

ある日、〈タラ〉に三百ドルの追徴課税がなされることがわかり、スカーレットは果樹園にいるアシュリに相談に行きます。しかしアシュリは、目の前の危機を我がこととして捉えず遠い目をするばかり。スカーレットはイライラするのですが、久しぶりに二人きりになったこともあり、そこから議論を戦わせるうちに、スカーレットはまた思いの丈をぶつけ、すべてを投げ出して一緒に駆け落ちしようと言います。断固として拒むアシュリは、「わたしたちを引き留めるものなんてなにもないでしょう」と詰め寄るスカーレットに、「そうだな（中略）なにもなくとも、名誉の問題がある」と答えます。

さすが、名誉の貴公子アシュリ。実際家のスカーレットと違い、アシュリにとって名誉や誇りというものは命よりも大切なものです。そのためスカーレットの説得を頑《かたく》なに拒んでいるのですが（メラニーと息子への愛情が大事だとは言っていないことに注目しましょう）、普段強気なスカーレットがここで涙を流す。すると、本当に脇が甘いと言わざるを得ないのですが、アシュリはそっと彼女を抱いてしまうのです。そうすると、二人の体と気持ちが何やらムクムクと変化して、熱い抱擁、そして口づけへと進んでしまう。ここはアシュリの人間らしさがのぞく数少ないシーンですので引用しておきましょう。

アシュリがそうして触れていると、腕のなかのスカーレットに変化が起き、抱きしめているほっそりした体になにか狂おしい魔力が生じ、見あげてくる翠色《みどりいろ》の瞳には、熱くやわらかな光が灯りはじめた。突如として、荒涼たる冬は終わりを告げた。アシュリのもとに春がもどってきた。忘れかけていた、緑葉がふれあいざわめく風薫る春。安逸と懶惰《らんだ》の春。彼の肉体に若者の欲望が熱く燃えていた屈託のない日々。その後の苦い歳月は剝《は》がれおち、彼はこちらにむけられた紅い唇がふるえているのを見た。そしてその唇に口づけた。

「そうだったんだ、アシュリ……！」と読者は彼の知られざる肉欲を目の当たりにして感じ入るでしょう。この小説の中でアシュリという人は、多くの場面でスカーレットの目線を通して描かれています。当然、彼女は恋する人のキラキラした目で見ていますから、読者にとってもアシュリは王子様のように見える。これによって、彼の真の人間性は封印されてしまっています。しかしよく読むと、この場面のように、気高く清廉潔白なアシュリにも非常に激烈な、あるいは若い男性としては健全な欲望のかけらがのぞくときがあるのです。

物語の終盤では、アシュリは体が弱い妻メラニーとの夫婦生活を医師から止められていたことが示唆されます。レットがスカーレットに「アシュリにとってきみはすてきな生き地獄だよ！」とからかい半分に言う場面がありますが、まさにその通りでしょう。

## 南北戦争とその後の混乱

さて、そんな気の毒な貴公子アシュリがまったく役に立たなかったのが、〈タラ〉への追徴課税問題です。これによってスカーレットは〈タラ〉を手放す危機に陥ったのですが、なぜこのような事態が起きたのでしょうか。この背景にあったのが、まさに南北戦争と、混乱を極めた戦後の「再建時代《リコンストラクション》」でした。

まず、南北戦争のあらましを改めて解説しましょう。

十七世紀半ば、イギリスから北アメリカへの入植が本格的に始まりました。イギリス国教会やカトリックとの衝突を逃れたピューリタンたちが「メイフラワー号」でアメリカ東海岸にやってきたのが一六二〇年。北部の入植者たちは自営農民や自営の商工業者として働き、一方の南部では多数の自営農民と少数のプランターが砂糖、タバコ、綿花などの農園を拓き、主にアフリカから連れてきた黒人を奴隷にして発展していきます。

十九世紀に入ってしばらくすると、産業形態と経済基盤の違いから、南北の対立が顕著になっていきます。北部は重工業、軽工業、商業を基盤とし、奴隷制度を廃止。南部は農業を基盤とし、労働力の主力は引き続き黒人奴隷でした。『風と共に去りぬ』の舞台となるジョージア州も、プランテーションと呼ばれる大型の農園が綿花栽培と輸出で栄え、「コットン・カントリー」を築きあげます。

一八六〇年の大統領選挙でのリンカーンの勝利をきっかけに南北対立が激化。南部のサウスカロライナ、ミシシッピ、フロリダ、アラバマ、ジョージア、ルイジアナ、テキサスの各州が合衆国を離脱[*5]し、アメリカ連合国を結成します。これがまもなく、州間戦争（南北戦争）に発展したのです。ちなみに、アメリカでは南北戦争という言い方はしません。内戦（the Civil War）、あるいは州間戦争（Interstates War）などと言います。戦争は四年も続き、一八六五年、北部軍の勝利で終結。奴隷制度は廃止され、南部の「再建時代《リコンストラクション》」と呼ばれる混乱期を経て、表面上、対立は鎮静するのですが、深層では断裂が消えることはありませんでした。

一般的に、南北戦争では非道な奴隷制を敷く南部連合が倒れ、正義と平等の北部が勝利した、と考えられています。もちろん、奴隷制の撤廃は紛れもない正義です。しかし負けた南部の側から見ると、体制が急に変わったことで、戦後にはさまざまな混乱が生じていました。

スカーレットたちがいたジョージア州は、フロリダ、アラバマ両州と併《あわ》せ、北部軍の将軍が管理する「第三軍管区」になります。州議会の議席は共和党員が占め、アトランタの重要なポストにも黒人が就くようになる。加えて、混乱に乗じて儲けようと北部から乗り込んでくるカーペットバッガー[*6]と呼ばれる人たちや、南部への忠誠を捨てて北部人や共和党に取り入って厚遇を得ようとするスキャラワグ[*7]と呼ばれる人たちが町を闊《かっ》歩《ぽ》。一方、名誉を重んじる旧家名家の人々は、食うや食わずの貧乏生活を強いられていました。

南部の人にとっては「いまやゲームのルールが丸ごと変わってしまい、まじめに働いても正当な見返りが得られない時代」になっていたと書かれています。かつて富んだ南部の大農園から財産を、さらには土地をも搾り取ってやろう――そう考えるスキャラワグたちの格好のターゲットにされた元大農園の一つが〈タラ〉だったということです。このようにミッチェルは混迷の時期を物語として描きますが、北部と南部のどちらかを糾弾しようというのではありません。

## 赭土の大地と幻の故郷

スカーレットにとって故郷の母なる〈タラ〉が人手に渡るなどあり得ないことですから、何としても〈タラ〉を守ろうと金策に走ることになります。なぜ彼女は〈タラ〉を守ろうとしたのか。そこには、〈タラ〉の赭土《あかつち》の大地とスカーレットとの特別な関係、さらには、アメリカ人にとって土地というものが持つ特別な意味があるように思います。

さきほどの果樹園で、わたしにはもう何も残されていないと嘆くスカーレットに対し、アシュリが「いや、残っているものはあるさ（中略）気づいていないかもしれないが、あなたがぼくより愛しているものだよ。あなたにはまだ〈タラ〉の土地があるじゃないか」と言って、手に土を握らせるシーンがあります。このあとスカーレットは正気づき、そうだ、「他になにもなくとも、この赭土の土地だけはある」という感慨を抱き、アシュリと逃げようなどと考えたことを反省します（彼女は土とお金にふれると急に正気づく傾向にあります）。

緒土はジョージアの北部丘陵地を象徴するものであり、いかなるときもスカーレットを拒まず、つねに大きく包んで受け止めてくれるものです。この思いは、序盤の父ジェラルドの言葉とも呼応し、ラストのスカーレットの有名なセリフとも呼応することになる。ジェラルドはこう言っています。

「スカーレット・オハラよ、おまえはこうしてここに立ちながら、〈タラ〉が、この土地が、なんの価値もないと言うのか？」（中略）「土地こそがこの世でただひとつ価値をもつものだ」（中略）「なぜなら、この世で確かに残るものは土地だけだからだ。よく覚えておけ！　土地こそ、われわれが労力を注ぎ、わがものにせんと争い――ときには命までも懸けるに値する唯一《ゆいいつ》のものなのだ」

この強い思いは、やはり移民の家系であるからこそでしょう。ジェラルドたちアイルランド移民は、一度土を離れ、長く不安な航海をし、再び土を踏んで自分たちのサンクチュアリ（聖地）を手に入れた。その切実さは大きいと思います。また、アメリカ人の多くはルーツをたどれば移民なわけですが、こうした土地に対する強い愛着を持たなければ、どこか根無し草的になってしまい、どこにもつながっていないという不安を抱えることになるのかもしれません。アトランタにいた頃のスカーレットにとっても、〈タラ〉は実在の故郷というより、シンボルとしての故郷、そこに帰れば何もかもがうまくいく幻の故郷のようなものとして観念化されていた面はあったと思います。

　そして、この土地への強い思いは、『風と共に去りぬ』というタイトルの背景を成すものでもあるでしょう。このタイトルは、アトランタを逃れてレットに置き去りにされたスカーレットが、翌朝〈タラ〉に向かって馬車を進ませるときに心に浮かぶ、「〈タラ〉の屋敷は無事だろうか？　それとも、ジョージアを席捲《せっけん》した風と共に去った（gone with the wind）[*8]のだろうか？」という言葉からとられています。

　さきほど触れたように、ここはミッチェルが最後に書き上げた非常に重要なパートです。まさにそこに、この物語のコアなものを言い当てている言葉があります。屋敷や、畑や、そこに暮らす人たちは、風と共に去ってしまったかもしれない。しかし、土地だけは残る。そんな思いがタイトルに表れているのではないでしょうか。

　多くが入植者の末裔《まつえい》であるアメリカでは、人はみんなそれぞれの〈タラ〉を持っている、心の中に幻の故郷を持っているのかもしれません。

## ディストピア小説としての『風と共に去りぬ』

ここまで読んできたように、戦中、戦後のスカーレットは非常に過酷な運命に見舞われました。『風と共に去りぬ』が発表された当時の読者たちは、この状況を〝自分たちの物語〟として読んだと言います。どういうことでしょうか。

ミッチェルが本作を執筆していた期間、および発表当時は、長い目で見ると一八九〇年代の景気停滞から長らく続く〝大不況〟の最中でもありました。第一次大戦や〝狂乱の二〇年代〟と呼ばれたバブル期に好況の波はあったものの、労働者階級や農民のロウアーミドルクラスよりも下層の人たちはその恩恵に与《あずか》れず、さまざまな社会不安と鬱屈から、アメリカ南部では人種および階層の断裂が再び深まっていました。

暴力的な結社クー・クラックス・クラン[*9]が一九一五年にブルーカラー層を中心に再結成され、以前より勢力を拡大し、人種差別運動やそれに伴う暴動が活発化するなど、混乱の様相を呈していました。ちなみに、第一次クランは『風と共に去りぬ』が舞台とする南北戦争直後の時代に結成され、小説の中にも登場します。この場面については第3章で取り上げます。人種と階層の対立、戦争、そして世界恐慌につながる経済崩壊を経験していた当時の人々は、社会的状況のさまざまな類似から、『風と共に去りぬ』の作品世界を自分たちの生きる時代に重ね合わせて読んだのです。

それを考えると、現代のわたしたちにとっても、本作をそのように読むことは可能だと思います。特に南北戦争後の再建時代のパートは、一種のディストピア小説のようにも読めるのではないでしょうか。ディストピアとは単なる荒廃した世界のことではなく、ユートピアを実現するために、法統制や監理が行き過ぎてしまった状態を指します。表面上は秩序と調和の保たれた社会です（ですから、『風と共に去りぬ』の混乱した再建時代はだいぶ出来のわるいディストピアです）。

南北戦争で体制が一変し、理念上はたしかに〝ユートピア〟が到来しました。ところが、やはりユートピアには暗部がある。それはディストピアとつねに表裏一体で、どこかに必ずゆがみが起きて、抑圧される人たちが出てくるのです。『風と共に去りぬ』では、負けた南部側が管理・監視社会となり、支配者の都合でルールがころころ変わる様子が描かれます。

解放奴隷局はバックに連邦軍の兵士たちがついており、軍は占領地を統治する指令をつぎつぎと出したが一貫性がなく混乱を招いた。局の役人を邪険にしたというだけで、すぐに逮捕される。軍の指令は学校教育、衛生管理から、スーツに付けるボタンの種類や、日用品の販売にまで及び、なにもかもを網羅していると言ってよかった。ウィルカーソンとヒルトン[*10]はスカーレットが関わりそうないかなる商取引にも干渉し、スカーレットが売ったり交換したりするあらゆる物品に値付けをする権限をもっているわけだ。

かつて富んだ支配層には選挙権がなく、不正選挙が繰り返し行われ、政治汚職も横行する。不当逮捕、リンチ、略式裁判……。一方、誓約書にサインをして体制に忠誠を誓えば優遇され、ユートピアが待っている。

再建時代を描く本作のこうした記述には、おそらく異論の出るところもあると思いますし、当時の南部社会の実態を正確に映し出していない部分や、いまから見ると不公正な描写もあると思います。しかし、現代の読者としてわたしたちが読むべきは、いまも国や共同体のあるところにはこの物語世界に書かれたような社会機構に陥る危険が多かれ少なかれあるということではないでしょうか。〝フェイク・ニュース〟や〝オルタナ・ファクト〟など新しい語を生み出して国民を操ろうとする政権もありますし、政治家が国民への説明責任を果たさず、合意をないがしろにして強行採決を行ったり、公文書をこっそり書き換えたりすることも起きうるわけです。まさしく、ジョージ・オーウェルの『一九八四年』[*11]や、オルダス・ハクスリーの『すばらしい新世界』[*12]といったディストピア小説を彷彿《ほうふつ》させる状況が目の前に展開しているとも言えるでしょう。

二〇一七年のトランプ政権樹立後は、『一九八四年』はもとより、知を抑圧し、焚書《ふんしょ》を行う管理社会を描くレイ・ブラッドベリの『華氏４５１度』[*13]や、女性の性奴隷を描くマーガレット・アトウッドの『侍女の物語』[*14]といったディストピア文学の古典や名作がリバイバルヒットしました。現在でも英語圏ではこうした傾向の小説や、アメリカ南北対立をテーマにした新作が次々と書かれ、国際的な文学賞を受けるなど、大いに支持を集めています。

『風と共に去りぬ』も、過ぎ去った昔日を懐かしむ時代小説ではありません。むしろ、わたしたちの現在と未来を照射する〝予見〟にみちた作品、いまを生き抜こうとあがく人々のしたたかな物語なのです。

**＊1　セミノール戦争**

一八一七〜一八、三五〜四二。フロリダに住むアメリカ先住民（インディアン）の一部族セミノールは、アメリカ南部からフロリダ（当時はスペイン領）へ逃げ込んだ逃亡黒人奴隷と共にアメリカ政府軍と戦ったが敗れ、ほとんどが強制移住させられた。一回目の戦争終了の翌一九年、アメリカはフロリダをスペインから買収し領土とした。

**＊2　メキシコ戦争**

一八四六〜四八。四五年にアメリカがメキシコ領テキサスを併合すると両国の関係は悪化。四六年に戦争が勃発し、アメリカ軍がメキシコシティをはじめ全土をほぼ制圧して勝利。四八年の講和条約によりメキシコは国土の半分を失い、カリフォルニア・ニューメキシコはアメリカの領土となった。

**＊3　グレイの軍服**

南部連合軍（南軍）の軍服の色はグレイ、合衆国連邦軍（北軍）はブルーを基調とする。英語の「the blue and the gray」は「北軍と南軍」を指す。

**＊4　ジョーンズボロ**

マーガレット・ミッチェルの母方の曾祖父はアイルランド移民で、アトランタから約三十二キロ南に下った所にある町・ジョーンズボロの近郊に綿花プランテーションを所有。ミッチェルはそれを〈タラ〉のイメージの源とした。小説では〈タラ〉農園の位置は、ジョーンズボロからさらに八キロ南西のフリント川の近くに設定されている。

**＊5　各州が合衆国を離脱**

南北戦争前に離脱したのは七州だが、南北戦争開始直後の四月から六月にかけてヴァージニア・ノースカロライナ・テネシー・アーカンソーの四州が加わって十一州からなる南部連合となり、首都はヴァージニア州のリッチモンドに置かれた。

**＊6　カーペットバッガー**
敗戦後の南部で一旗揚げようとカーペットバッグ（じゅうたん生地で作った旅行鞄）に財産を詰め込み、利権を求めてやってきた北部人（共和党員）に対する蔑称。それまで何の関係もなかった選挙区から立候補する渡り政治家に対する蔑称としても使われる。

**＊7　スキャラワグ**
戦後の再建時代に北部占領軍に協力した、共和党支持の南部白人に対する蔑称。変節漢の意。小説中でレットも「スキャラワグのレット」などと陰口をたたかれている。

**＊8　風と共に去った**（gone with the wind）
十九世紀イギリスの詩人アーネスト・ダウスンの詩「シナラ」からとったこの語句が本作のタイトルとなった。

**＊9　クー・クラックス・クラン**
略称KKK。アメリカの白人優越主義秘密結社。南北戦争終結後、再建時代の南部テネシー州で結成され南部各地に急速に広がった。一時活動は止んだが一九一五年に再建され北部でも勢力を伸ばし、最盛期である二三〜二四年には全国で四百万を超える結社員を擁したこともあった。差別と攻撃の対象は黒人にとどまらず、カトリック教徒、ユダヤ人、東欧・南欧やアジアからの移民にまで広がり、アメリカ生まれのWASPの優越性を強調し訴えた。今日でも黒人の権利向上に反対する組織として一部の地域に存続する。

**＊10　ウィルカーソンとヒルトン**
〈タラ〉の農園監督だったがジェラルドに馘首されたジョナス・ウィルカーソンと、別のプラ

ンテーションの農園監督だったがのちに農園主の娘と結婚したヒルトン。元々は北部人で、南北戦争後に解放奴隷局の地元支局をとりしきる立場となり、南部人と黒人の対立を煽る人物として描かれている。

**＊11　『一九八四年』**

イギリスの作家ジョージ・オーウェル（一九〇三～五〇）が一九四九年に発表した小説。ビッグ・ブラザー率いる〝党〟が支配する近未来（一九八四年）の全体主義社会を、歴史の改竄を職務とする〝真理省〟の役人ウィンストン・スミスの視点から描く。四五年に発表した寓話小説『動物農場』と共に、当時のソ連におけるスターリン体制を風刺した作品とされる。

**＊12　『すばらしい新世界』**

イギリスの作家オルダス・ハクスリー（一八九四～一九六三）が一九三二年に発表した小説。舞台は、機械文明が高度に発達した社会。人間は受精卵の段階から五つの階級に選別され、階級に応じた条件づけと学習が施されるため、誰も人生に不満を持たないよう管理されているはずだったが……。

**＊13　『華氏451度』**

アメリカの作家レイ・ブラッドベリ（一九二〇～二〇一二）が一九五三年に発表した小説。書物を所有することも読むことも禁じられた社会で、隠された書物が見つかると出動し焼却する「昇火士」を主人公に描いた。

**＊14　『侍女の物語』**

カナダの作家マーガレット・アトウッド（一九三九～）が八五年に発表した小説。舞台は、キリスト教原理主義者たちがクーデターを起こし、政権を奪取した近未来のアメリカ。妊娠可能な女性が子どもを産む道具＝「侍女」として支配者層である司令官の家に派遣され、自由を奪われている世界を描く。

## 『風と共に去りぬ』と南北戦争　略年譜

丸囲み数字（○）はスカーレットの年齢

- **1783** ▼ **アメリカ独立。東部13州がイギリスから独立**
- **1787** ▼ **アメリカ合衆国憲法制定**
- **1791** ● スカーレットの母方の祖父がハイチ革命を逃れてフランスに亡命。のちに**ジョージア州サヴァナ**に移住し「沿岸貴族」と呼ばれる旧家となる
- **1801** ● スカーレットの父ジェラルド・オハラがアイルランドの農家に生まれる
- **1812** ▼ **米英戦争（〜15）**
- **1833** ● 22年に渡米した父ジェラルドはポーカーの賭けで**ジョージア州ジョーンズボロ**近くの農場を入手
- **1844** ● 大農園主となった父と母エレン結婚
- **1845** ⓪ 長女スカーレット・オハラが〈タラ〉屋敷に生まれる
- ▼ **「アトランタ」が正式な町名になる**
- **1859** ⑭ アシュリ・ウィルクスが欧州旅行から帰国し〈タラ〉を訪問
- **1860** ⑮ **反奴隷制・連邦の統一を唱えるリンカーンが大統領選挙で当選し、南部諸州が合衆国離脱**
- **1861** ⑯ **リンカーン、第16代大統領就任（〜65）**
  **離脱した南部諸州はジェファソン・デイヴィスを大統領とするアメリカ連合国結成**
  **南北戦争勃発。北部（アメリカ合衆国）×南部（アメリカ連合国）の内戦**
- **1866** ㉑ スカーレットが雑貨店経営者フランク・ケネディと再婚し、〈タラ〉の税金を肩代わりしてもらう
- **1867** ㉒ **南部再建法制定**
  レットから借金をして製材所を買い、商才を発揮
  父が落馬して死去。アシュリに製材所の手助けを頼む。フランクとの娘エラを出産
- **1868** ㉓ 暴漢に襲われたスカーレットの復讐にアシュリらと出かけたフランクが銃殺される
  ▼ **ジョージア州知事に共和党候補当選、征服者北部の政治的支配が始まる**
  レットと結婚し、**アトランタ**に新居を構える
- **1869** ㉔ **大陸横断鉄道開通**
  レットとの娘ボニーを出産
- **1871** ㉖ アシュリとの抱擁を目撃され、レットはボニーを連れて出て行く
  帰宅したレットと口論になり、階段から転落して流産
  ▼ **ジョージア州知事選に民主党候補当選**
- **1873** ㉘ **経済恐慌**
  ボニーが落馬して死去。レットはショックで家に寄りつかなくなる
  メラニーが流産して死去
  レットへの愛に気づくも、別れを告げられる

※越智道雄『風と共に去りぬ〜スカーレットの故郷、アメリカ南部をめぐる〜』（求龍堂）を参考に作成

ウィルクス家のパーティでレット・バトラーに出会う
アシュリにふられたスカーレットはチャールズ・ハミルトンと結婚
アシュリとメラニーが結婚
夫チャールズが戦地で病死

**1862** ⑰
チャールズとの息子ウェイドを出産
ピティパットとメラニーの住む**アトランタ**へ行く
チャリティバザーでレットと再会

**1863** ⑱
**奴隷解放宣言**
**ゲティスバーグの戦いで南軍敗北（リンカーンのゲティスバーグ演説「人民の、人民による、人民のための政治」）**

**1864** ⑲
アシュリが北軍の捕虜として**イリノイ州**の捕虜収容所へ移送される
メラニーの出産を助け、レットの荷馬車で**アトランタ**脱出。レットは南軍に入隊
このころ北軍が〈タラ〉を占領し宿営、略奪、綿花を焼く
〈タラ〉に戻り、母が前日に死んだことを告げられる
▼ **アトランタ陥落、北軍に占拠される**
家長になったスカーレットが屋敷に忍び込んできた北軍兵士を射殺
▼ **シャーマン将軍の北軍、アトランタから海に向かって進軍**

**1865** ⑳
**南軍リー将軍が北軍グラント将軍に降伏し、南北戦争終結。リンカーン暗殺。奴隷制廃止**
釈放されたアシュリが帰還
▼ **南部の白人によりクー・クラックス・クラン（KKK）が組織される**

**チャールストン**
レットの出身地。チャールストンにある北軍の拠点サムター砦を南軍が砲撃して南北戦争が始まった

**サヴァナ**
スカーレットの母エレンの出身地。当時は「沿岸貴族」が多く住んでいた

**アトランタ**
南北戦争で陥落するまでスカーレットがメラニー、ピティパットと住み、レットと結婚したのちにも住んだ。著者ミッチェルが住んだ街でもある

**ジョーンズボロ**
アトランタから南へ約32キロの位置に設定された大農園〈タラ〉はジョーンズボロ郊外のプランテーションとして描かれている

# 第3章——運命に立ち向かう女

## 事業家スカーレットの成功

スカーレット・オハラは、ロマンスのヒロインとしては特異な登場人物と言うことができると思います。正統派美人でないことが作品冒頭で示されていることは第1章で指摘しましたが、では性格がいいのかというとそんなことはなく、率直に言えばだいぶ悪い部類。行動に目を向けても、あまり褒められたものではありません。それは、映画でも原作でもそれほど変わらない部分です。

しかし、スカーレットは不思議と読者に嫌われない。この章では、その秘密について考えていきたいと思います。まずはスカーレットの身にふりかかる波乱万丈のできごとを、あらすじで見ていきましょう。

女主人として〈タラ〉の農園を必死で切り盛りするスカーレットですが、南北戦争後のヤンキー（北部）軍による軍政下で重税をかけられ、払うあてがありません。このままでは〈タラ〉が公売にかけられ、他人の手に渡ってしまいます。思い余ったスカーレットは、色仕掛けでレット・バトラーに金を工面してもらおうと、アトランタへ舞い戻ります。レットは相変わらず北部の人々とのコネクションを利用して稼いでいましたが、黒人を殺した容疑で投獄されていました。スカーレットは万事順調に暮らしているように装ってレットに面会し、うまうまと金を巻きあげかけるのですが、あと一歩というところで嘘が発覚し、計画は頓挫《とんざ》してしまいます。ふてくされて歩いていた街中で出会ったのは、妹スエレンの婚約者フランク・ケネディ。彼は戦後開業した小さな雑貨・金物店がまあまあ繁盛していて、近く製材所も買い取るつもりだと聞き、スカーレットはフランクの略奪を決意、あっさりと彼を手に入れて再婚します。

スカーレットはフランクの店の財政面にてこ入れをし、レットに援助してもらったお金で製材所を買い取り、みずから陣頭指揮を執るようになります。もともと数字に強かった彼女は三ケタ以上の暗算などもお手のもの、みるみるうちにビジネスパーソンとして頭角を現し、〈タラ〉にも送金できるようになります。いよいよ商売が軌道に乗ったところで妊娠が発覚。自分の代わりにトップの仕事を任せられる男性の人材が見つからず、スカーレットは途方に暮れます。

その頃、父ジェラルドの訃報が入り、スカーレットは〈タラ〉に帰ります。ジェラルドは次女のスエレンによって、ヤンキー側に「寝返る」誓約書にサインをさせられそうになり、乱心のまま落馬したのでした。

さらに、スカーレットはウィル・ベンティーンから、アシュリがニューヨークの銀行に就職すると聞き、アシュリが遠くへ行かないよう、アトランタの製材所支配人のポストをオファーします。アシュリは自らの尊厳をかけて頑なに拒みますが、メラニーはスカーレットが身重で大変なときに手助けしないのは恩知らずだと夫を叱りつけ、ウィルクス一家はアトランタに引っ越すことになります。

ところが、アシュリは製材所で無能ぶりを露呈。一方、メラニーは持ち前の外交手腕を発揮し、町のあらゆる団体の重職におさまり、アトランタの社交界の新たなリーダーとなっていきました。彼女は周りをすべて敵に回しても論陣を張れる強い意志と論理性をもち、最終的には決まって自分の思いどおりに人々を動かせる傑物だったのです。

スカーレットの産んだ娘はエラと名づけられました。産後、三週間で職場復帰しようとする妻をフランクは止め、馬車や馬をとりあげます。おりしも街は人々が暴徒化し危険な状態。南部の白人女性に暴行を働いた黒人が逮捕され、裁判が行われる前にクー・クラックス・クランがこの男を縛り首にするという事件があったのです。

スカーレットはメラニーが居候させている殺しの前科者である山岳民のアーチーを用心棒につけることで夫を説得し、製材所通いを再開します。しかし低賃金で囚人の労働力を使う是非をめぐって、アーチーと対立し、彼はスカーレットの警護を放棄。スカーレットは単独で馬車を駆るうち、スラム街の白人と黒人に襲われ、レイプされそうになります。間一髪、〈タラ〉の元奴隷ビッグ・サムが救ってくれ、大事には至らなかったのですが、この一件を知ったクランのメンバーが報復に出ます。クランには、アシュリ、フランクをはじめ、多くの白人紳士たちが所属していました。

予《あらかじ》め情報をつかんでいたヤンキー軍の憲兵隊は、クランを一掃すべく、この討ち入りの一団を待ち伏せしていました。そのことをレットから知らされ、クランのメンバーのほとんどは辛くも命拾いをしますが、二人の犠牲者が出ました。そのうちの一人はフランク・ケネディでした。他のメンバーは売春宿の女将でレットの愛人でもあるベル・ワトリングの協力によって、逮捕を免れたのです。

## 性悪型《ビッチ》のヒロインがなぜ嫌われない？

「あの人と結婚しよう（中略）そうすれば、二度とお金のことで悩まずに済む」――。

スカーレットがアトランタに戻ったのは、何が何でも〈タラ〉を手離したくないがゆえに、財産家のレット・バトラーを籠絡《ろうらく》しようとしたためでした。スカーレットは苦境を悟られないよう、亡き母の部屋にあったカーテンを生地として新調したドレスで目いっぱい見てくれを整えてレットに面会し、「〈タラ〉も万事順調」と嘘をつくのです。レットは彼女の魅力を改めて認め、もう少しで求愛してくれそうな雰囲気になりますが、スカーレットの手にキスしようと彼女の掌を見たところで、嘘に気づきます。そこにあったのはかつてのレディの白い手ではなく、日焼けして荒れた、労働者の手でした。第1章で取り上げた「愛を語りながら金の算段か。女の本性ってやつだな！」というレットの名ゼリフはここで出てきます。レットは金を貸すことはできないと言い、彼女の計画は失敗に終わります。プライドも希望も打ち砕かれたスカーレットは、このあと妹スエレンの恋人フランクとばったり会い、お金のためにあっさりと彼を略奪します。

ことほどさように、スカーレットはいわゆる性悪女です。利己的で傲慢、ちゃっかり屋で、つねに自分が一番の注目を集めていないと気が済まない性格な上に、信仰心は薄く、殺人、嘘、略奪婚、盗み、恐喝、身売りと、手を染めていない悪事がないほど何でもやっています。

ところが、先にも述べたように、スカーレットは不思議と嫌われないキャラクターです。こんなにあこぎなヒロインが嫌われない理由として、一つには彼女の性格があると考えられます。恋愛小説のヒロインなのに、スカーレットは恋愛のことでうだうだ悩みません。結ばれない運命に悲観して哲学的なことを考える、などということは一切ない。思い立ったらすぐ行動し、ドカンと派手に撃沈する。スカーレットはこれを繰り返すのです。そして、一晩寝たら立ち直る。このあたりは、現代の女性の共感を大いに得るところではないかと思います。たとえ前の晩に失恋しても、翌朝十時になったら部下たちのいる会議に出て指揮を執《と》る、あるいは上司のもとで厳しく指示を出されながらきびきびと働く――。そんな女性たちには、「面倒なことは明日考えよう」が口ぐせで、パッと立ち直ってはまたバリバリ働き、目の前にある問題を次々と解決していく、竹を割ったような性格のスカーレットは好感が持てるのではないでしょうか。

もう一つの嫌われない理由は、彼女が彼女なりに成長していくからです。物語の途中までは甘ったれで世間知らずだったお嬢さんが、やがて〈タラ〉の一家（と言っても半分以上は血がつながっていない人たちですが）の生活を担うようになり、彼らを「ファミリー」と呼んで必死で守ろうとする。こうした姉御肌《あねごはだ》の部分にも、読者は惹きつけられると思います。

しかし、スカーレットが嫌われない一番の理由は、作者マーガレット・ミッチェルの文体にあるのではないかというのが、本作を訳し通したわたしの一番大きな〝発見〟です。語り手は、しじゅうスカーレットに共感を寄せて語ります。「そうよね、そうよね」と言うように彼女の気持ちを優しく代弁してあげながら、最後には「何言うてんねん！」とばかりに、彼女のいけずぶりを暴露したり辛辣に批評したりする。わたしはこれを「ボケとツッコミ文体」と呼んでいるのですが、ミッチェルの場合はこの間合いが絶妙なのです。

## ボケとツッコミ文体の妙技

この「ボケとツッコミ文体」で威力を発揮するのが、文法的に言うと自由間接話法と自由直接話法です。自由間接話法とは、主語は三人称のまま、登場人物に自分の考えや気持ちを語らせる話法のこと。語り手が登場人物の心に寄り添って語るうち、たとえば「She」と書いてあっても、実質「わたしは」の意味に変わるような話法です。自由直接話法は「内的独白」とも言われ、地の文で引用符（カギカッコ）なしに、登場人物が一人称で自分の心の内を語る話法です。現代の小説では当たり前に使われる技法ですが、当時としてはなかなか前衛的な文体でした（これらを積極的に取り入れていたのが、まさにミッチェルが背を向けたジョイスやウルフらモダニスト作家たちです）。

ミッチェルは、地の文に溶け込むこれらの話法を駆使し、スカーレットに味方する（ボケ）、かと思うといきなり辛辣な指摘を滑り込ませてきたり、スカーレットの腹黒い心中を暴き出して批判したりします（ツッコミ）。その格好の例として、スカーレットがばったり会った妹スエレンの婚約者フランク・ケネディを略奪する場面を読んでみましょう。スカーレットの表の声、裏の声、語り手の批評的コメントの三つが交互に、絶妙に織り交ぜられています。フランクが自分の店を持ったと話し出すところから、ここではわかりやすいよう、スカーレットの裏の声を太字にして引用します。

「ええ、店をひとつ持ってましてね。われながらじつに気の利《き》いた店だと思いますよ。生まれながらの商売人だなんて、周りにも煽《おだ》てられてます」フランクはうれしそうに笑い声をたてた。耳ざわりなくすくす笑いで、スカーレットは昔からこれが癇《かん》にさわる。

**「うぬぼれ屋のばかおやじめ」**と、心のなかで毒づいた。

「ええ、あなたなら何を手がけても成功なさるでしょう、ケネディさん。それにしても、一体どうやってお店なんてひらけたのでしょう？　一昨年《おととし》のクリスマスにお目にかかったときには、一文無しだとかおっしゃっていたあなたが」

フランクはゴホンと咳払いをすると、顎鬚《あごひげ》を手でいじりながら、なんだかおどおどと緊張した笑みを浮かべた。

「まあ、話せば長くなるんですがね、スカーレットさん」

**よかった！　これで家に着くまで話はもちそうだわ。**スカーレットは心のうちでそうつぶやき、実際にはこう言った。「まあ、ぜひうかがいたいわ！」

フランクはここで、混乱に乗じて〝国の財産〟を手に入れて売り物にしてしまったことを告白します。

「わたしのしたことは正しかったと思いますか?」

「ええ、もちろん」スカーレットは即答しながらも、**このまぬけなおじさんはなにを話しているんだろうと**訝《いぶか》っていた。**良心の呵責《かしゃく》がどうとか。ふつう、男性もフランク・ケネディぐらいの年齢になると、どうでもいいことにかまけない知恵は身に付けているはずなのに。ところが、フランクはあいかわらず神経が細かくて、小《こ》姑《じゅうと》みたいにうるさい。**

「そう言っていただけてうれしいですよ。降伏後のわたしは銀貨で十ドルばかりあるだけで、あとはからっけつでした。ジョーンズボロにあるわたしの家と店舗にヤンキーどもがどんな仕打ちをしたか、あなたもご存じでしょう。とにかく途方に暮れましたよ。しかし手持ちの十ドルを使って、ファイヴ・ポインツ近くの廃屋となった店舗に屋根をつけ、そこに病院の備品を並べて、売りはじめたのです。街の人々は競うようにベッドや陶磁器やマットレスを求め、わたしは安く売りました。半分はひとさまの物だという頭がありましたから。とはいえ、これでお金ができたので、備品をさらに買い入れ、そうして商売はとんとん拍子に上向きました。これで景気が良くなってくれば、そうとう儲《もう》かるだろうと踏んでいます」

お金という言葉を聞いたとたん、スカーレットの頭はクリスタルのように澄んで、再びフランクの話を聞くことにした。

「お金ができたとおっしゃいまして？」

最後の一行は、スカーレットの裏の声が表に出てきたようで怖いですね。フランクは続けて、今年は五百ドル、来年には二千ドルの利益が出そうなこと、次に製材所の事業も手がけようと思っていることを話します。スカーレットはふと、このお金がいずれ妹スエレンのものになることを猛烈に理不尽に感じるのです。

そのとき突如として、ある決意がスカーレットの心に芽生えた。

**フランクも彼の店舗も製材所も、スエレンに渡してなるものか！スエレンには分不相応よ。わたしが手に入れてみせる。**〈タラ〉を想《おも》い、毒ヘビみたいに兇悪《きょうあく》なジョナス・ウィルカーソンが玄関先までやってきたことを思いだし、スカーレットは難破船のように沈みかけた人生の水面《みなも》に浮くまさに最後の藁《わら》を夢中

でつかんだ。**レットには期待を裏切られたけれど、神はこうしてフランクを与え賜《たも》うた。**（中略）

彼がスエレンの婚約者であろうと、良心の呵責《かしゃく》はまったくなかった。アトランタのレットのもとへやってきた時点で、モラルはすっかり崩壊しているから、妹の許婚《いいなずけ》を略奪するぐらい、ささいなことにしか思えない。いまとなっては思い悩むほどもないことだ。

引用部の最後の四行が、作者ミッチェルによるツッコミの総括です。本作全編にわたり、ミッチェルはスカーレットの気持ちに寄り添い、間接話法→自由間接話法→自由直接話法というふうに、だんだんスカーレットになりきって語るのですが、最後にバシッと辛辣なまとめを入れる。

わたしはこの文体が、スカーレットが読者に嫌われない非常に有効な仕掛けになっていると思います。「スカーレットのモラルなんて崩壊していますからね」という作者のツッコミは、ユーモラスでもあり小気味がいい。もしこの小説がスカーレットの一人称で書かれていたら、スカーレットの勘違いや自己欺瞞《ぎまん》に対して読み手がいちいち自分で「おいおい」とツッコミを入れることになり、非常にストレスの溜まる小説になっていたのではないでしょうか。ミッチェルはつねに、自分の分身である主人公との好適な距離を取りながら攻めてくるので、読者としても、ときどき溜飲が下りてカタルシスが得られる。これが効果を上げています。この文体は、なぜこの大長編が一気呵成に読めるかの秘密でもあるでしょう。

ちなみに、日本の宝塚歌劇団が上演した「風と共に去りぬ」では、スカーレットの表の声と裏の声を二人の役者さんが分けて演じることがあります。映画や舞台など世界中にあるさまざまな本作の二次創作物の中でも、人間の裏表、ボケとツッコミの表現、そしてコミカルさをもって、原作の真髄に一番迫っているのはひょっとして宝塚歌劇かもしれないとわたしは思っています。

一方で、この話法には危険なところもあります。それは、心の声がカギカッコでくくられず、地の文に溶け込んでしまっているため、それがイコール語り手の見解、ひいては作者の主張だと、勘違いする読者がどうしても出てくるということです。さきほど引用したところでも、語り手はスカーレットの声を代弁していますが、だからと言って作者のミッチェルが略奪婚を推奨しているわけではもちろんありません。スカーレットが成り上がりの元貧乏白人をののしる場面でも、ミッチェル自身が彼らを蔑《さげす》んでいるわけではない。歴史的経緯や政情を何もわかっていないスカーレットが怒りにまかせてわめき散らしているのを、作者は揶揄《やゆ》気味に切り取って提示しているのです。

この話法の読み違えは、翻訳に限らず、原文で読む人にも起こり得ることです。ミッチェルがときどき差別主義者だと勘違いされるのも、こうしたテクスト上の読み違えが比較的大きな原因ではないかと思います。

## 才能を開花させるスカーレット

フランクと結婚したスカーレットは、彼が製材所を買うために貯めていたお金を取り上げて〈タラ〉を救います。恋人を奪われた妹スエレンからいくら罵倒の手紙が届こうと、「〈タラ〉は守られたという喜びが薄れることはなかった」とスカーレットは言っています。このあたり、作家によっては好きでもない男と結婚したことや、妹を裏切ったことに対する良心の痛みにフォーカスして描くところかもしれませんが、ミッチェルはそうしない。スカーレットにとって、それらすべては〈タラ〉の存在と比べれば小さなことだからです。『風と共に去りぬ』の重心がどこにあるのかがはっきりとわかる書きぶりだと思います。

さらにスカーレットは、フランクが購入を予定していた（けれど妻に資金を持っていかれて買えなくなった）製材所に目を付けます。これは彼女の慧眼《けいがん》でした。製材ビジネスは絶対に儲かる。戦後の混乱期で競合相手がいないうちに、彼女はレットから資金を借りて製材所を買い取り、焼け落ちた街の復興の波に乗って大当たりをとるのです。
ここで注目したいのが、スカーレットの〝算術脳〟です。彼女は女学校時代も、ほかの勉強はからきしだめだったのですが、算術だけは得意でした。この算術脳が、商売を始めたとたんに威力を発揮し始めます。このことは、フランクがその才能に驚き、苦々しく思うという形で表現されていますので、読んでみましょう。

ようやくフランクも気づきはじめていた。この頭はかわいらしく小さいながらも、じつに計算に長《た》けた頭でもある。それどころか、自分よりずっと優れた頭らしい。それを知ったフランクはうろたえた。足し算も三ケタ以上になると自分は筆算が必要なのに、彼女は長い数字の列を見るなり、暗算であっという間に答えを出してしまう。それを目《ま》の当たりにしたときの衝撃といったら。しかも分数計算もまるでお手の物。分数とビジネスについて理解できる女性に対して、フランクはなにか女らしくないものを感じたし、そんなレディらしからぬ能力をあいにく持ちあわせてしまったら、隠すべきだとも思っていた。結婚前には、スカーレットと仕事の話をするのがあんなに好きだったのに、そのぶんいまでは嫌気がさしていた。結婚前は、商売のことなど彼女の頭ではまるで理解できないと思っていたから、いちいち説明してやるのも楽しかったのだ。ところが、じつは十二分に理解できていると知り、女が裏表を使い分けていたことに、ありがちな男の憤《いきどお》りを感じていたのである。それどころか、女に頭脳があると知ってひどく幻滅するというのも、男にありがちなことだった。

「気づくのが遅い、遅すぎるよ、フランク！」と思わず言いたくなってしまいます。彼はスカーレットが張り巡らせた蜘蛛《くも》の糸に絡め取られていたことにやっと気づいたのですね。

ここでフランクが、結婚前は彼女に商売の話をしてやるのが楽しかったと言っているところに注目してみましょう。いま、マンスプレイニング（mansplaining）[*1]という言葉がときおり使われます。これは「男性（man）」と「説明する（explain）」を足した造語で、なぜか女性に対して〝上から目線〟でものを教えたがる、自説を開陳したがる男性の行為を指します。女性は何もわかっていないという前提に立つ説教くさい物言いや、ミソジニー（女性蔑視）を評した言葉ですが、フランクはまさに〝マンスプレイニングの人〟として描かれています。でも、スカーレットがすべてわかっていると知って幻滅した。いまでもこういう感覚の男性は多少残っているかもしれません。

スカーレットは颯爽《さっそう》と、「世間体なんて、どこ吹く風よ！」とばかりにビジネスに乗り出し、男性の部下を従えて利益を上げていきます。彼女には営業の能力もあり、ライバル業者や現場の男たちと丁々発止とやり合って仕事をもぎ取ってくる。別の業者から材木を買おうとしていた男の現場に馬車で乗り付けて「あなたは吹っかけられている」と告げ、自分たちの木材の方が安くて質がいいと言って「長い数列をたちまち暗算してその場で見積もりを出して見せた」というのですから、かっこいいですね。しかも北軍兵士にも愛想がよく、そんな彼女には着実に顧客が付いていきました。

## 流されたくない女たち

女が事業家として成功したということで、街にはやっかみや反感が渦巻きます。しかし、スカーレットはそうした圧力にはまったく屈しません。昔から人と足並みがそろわないことには慣れていますから、わが道を行くことを貫き通します。

ここでもう一つ、彼女が全体主義に対して強烈な猜疑《さいぎ》心を持っていることにも触れておきましょう。これは反戦思想にもつながるもので、この小説の中でスカーレットというキャラクターが担う重要なポイントになっています。

第1章で紹介した慈善バザーのシーンで、南部婦人たちの愛国心が一斉に昂《たかぶ》って恍《こう》惚《こつ》とした表情をしていることに、スカーレットが不気味さを覚えるという場面があります。「どうしてわたしだけがこの愛情深い女性たちと同じになれないの？」とスカーレットもいちおうは悩むのですが、心の奥底にある違和感は偽ることができません。「スカーレットはいろいろなことをめまぐるしく考えて、自己正当化につとめていた——彼女の場合、この作業が難航したことはほとんどない」というわけで、また語り手にズバッと突っ込まれていますが、とにかくスカーレットは、全体が一つの方向に流れていくことに対してつねに疑問を投げかける役割を与えられています。ともすると彼女は保守層の差別的愛郷者と思われがちですが、むしろ逆なのです。つねに同調圧力、全体主義、狂信的ナショナリズム、戦争、排他主義、管理社会の闇などに抗い、立ち向かっていく人物です。その手段がときに〝悪漢的〟なのが玉にキズではありますが。

さきほど、ボケとツッコミの文体によってスカーレットが作者ミッチェルからたびたび批判されていることを指摘しました。ミッチェルはそのスカーレットの思考や言動を通して、実は南部社会をも批判しています。アメリカ南部の白人富裕層の恋愛小説と思われがちな『風と共に去りぬ』において、一番批評にさらされているのは、実はそのヒロインと、排他的な同質社会である作品舞台そのものなのです。

## クランの討ち入りと猿芝居

スカーレットは、フランクとの子エラを出産したあと、仕事に復帰します。一人で馬車を駆って製材所を行き来する彼女が、スラム街の男たちに襲われレイプされそうになったことは先に紹介しました。フランクはじめ周囲が心配していたことが現実になってしまったのです。事態はさらに深刻になります。どうやらアシュリを隊長とするクー・クラックス・クランの一団が、報復のため、スラム街への危険な討ち入り計画を実行することになったのです。

この討ち入りとその後の顚末《てんまつ》は、本作の中で最もシリアスにしてコミカルなパートです。人も死にますし、男性による婦女暴行、あるいは人種差別について決定的な問題を描いている箇所です。しかしながら、それを書くミッチェルの筆致はどこかコミカルなのです。

クランの討ち入りをヤンキー軍の憲兵隊が待ちかまえていることを知ったレットは、アシュリやフランクを救うべく動きます。結論として、クランメンバーはその夜ベル・ワトリングの色宿で女の子たちと飲み騒いでいたと装うことにして、べろべろに酔ったふりでアシュリらを家に連れて帰るのです。

アシュリのことを家で待つメラニー、ピティ叔母、アシュリの妹インディア、一人でいては危ないと身を寄せていたスカーレット。外にはアシュリたちを捕まえに来た憲兵隊がいます。そこに聞こえてきたのは、高らかに北軍の軍歌を歌うレットの声。それにアシュリの「ありえないような妙な叫び声」が絡みます。一緒に帰ってきたヒュー・エルシング含め、三人はただの酔っ払いのおじさんになっています。家に入り、「メリー、ぼかァそんなに酔っちゃいないぜ」と言ってテーブルに突っ伏すアシュリ。レットからみんなでベル・ワトリングの店にいたと聞かされて「べ、ベル・ワトリングの店ですってぇ?」と叫んでひっくり返り、そのまま気絶してみせるメラニー。「そこからは上を下への大騒ぎ」で、メラニーを卒倒させる結果となってとがめられた憲兵たちもこれでは埒《らち》が明かないと、仕方なく帰っていきました。

要するに、ここでレットやアシュリ、メラニーたちは、シナリオもリハーサルもなく、ぶっつけ本番の芝居でヤンキー軍の憲兵隊を欺《あざむ》くという、一世一代の〝名演〟を繰り広げたのです。この一連の猿芝居を描くミッチェルの筆致はいつも以上にコミカルで、この章は本作の中でも最もシリアスな状況ながら最もおかしく、ある意味、屈指のコメディに仕上がっています。とはいえ、スカーレットの夫フランクは、討ち入りの際に頭を撃たれて死んでしまうのです。彼はスカーレットにお金と娘を授けただけで早々に物語から退場させられてしまう、実に気の毒なキャラクターでもあります。

さて、クー・クラックス・クランのことを小説に書いたことを以《もっ》て、ミッチェルはしばしば差別主義者だと誤解されてきました。しかし、これは当たり前のことなのですが、クランのことを「書く」ことと、それに「賛同する」ことはまったく別の問題です。ミッチェルは、クランを登場させたことについて政治的なメッセージは一切ないと言っています。作品の中でクランは美化も理想化もされておらず、事実、ミッチェルは昔日を懐かしんであからさまにヤンキーに反抗する南部人を批判するスカーレットの独白として、「ヤンキーのルールを押しつけられ、投票権を失うといって、怒りに燃えたければ燃えればいい。本心を口にして投獄されたり、クー・クラックス・クランに入って縛り首になるのも、本人たちの勝手だ（それにしても、なんと恐ろし気な結社名だろう）」と言わせています。

ミッチェルはトマス・ディクソン[*2]というベテランの右翼作家とのつながりも取り沙汰されることがあります。『風と共に去りぬ』の出版後、ディクソンからミッチェルの元に絶賛の手紙が届きました。これに対しミッチェルは、名のある作家に対して然るべき敬意を表した返事を返していますが、その文面は反抗の世代の作家らしく、彼の絶賛をユーモアにまぶしていなすような巧みさがあります。（109ページ参照）。

## もう一人のヒロイン、メラニー

憲兵たちを騙《だま》した一連の猿芝居ですが、酔っ払ったふりをして軍歌を歌いながら帰ってきたレットの意図を瞬時に見抜き、的確に歩調を合わせてその場を仕切ったのはメラニーでした。スカーレットは何が何だかわからず、途中で「これは芝居なんだ」ということにだけは気づき、自分はおとなしくしていようと、ただただみんなの熱演を見守るだけでした。

第1章でスカーレットとメラニーは似た者同士だと指摘しましたが、より正確に言えば、スカーレットとメラニーは二人で一人のキャラクターを形成していると言えます。ミッチェルの母が娘に求めた〝二つの像〟の話を思い出すならば、男性的な面をスカーレットが、女性的な面をメラニーが担っていると言えるでしょう。しかしよく読むと、彼女たちのイメージはそこにとどまるものではありません。一方が強くなればもう一方が弱くなる、一方がピンチになればもう一方が頼もしく活躍する、といったように、二人はつねに好対照をなす補完的関係として描かれています。

二人の対照性は彼女たちの名前にも暗示されています。スカーレット（Scarlett）は緋色《ひいろ》（scarlet）ですから、赤のイメージ。メラニー（Melanie）は、語源をたどればギ

## 〈マーガレット・ミッチェルからトマス・ディクソンへの返信〉

**親愛なるディクソン様へ**

お便りで*Gone with the Wind*にお褒めの言葉をいただき、胸がドキドキしています。さらに、この本についての研究書までお書きになりたいとのこと、さらにドキドキです……。

わたしは貴方の本を読んで育ったようなもので、御作が大好きなのです。じつは貴方のことで、ずっと後ろめたく思っていることがありますので、この機会に白状した方がよかろうと存じます。わたしは11（ママ）歳のとき、貴方の小説*The Traitor*を劇作化し、6幕のお芝居に仕立てました。わたしはスティーブ役（新しいクランの創設者）を演じました。というのも、近所の男の子たちはだれひとり、「可愛い子ちゃんと見ればだれにでもキスする」ような、みっともない役はやりたがらなかったからです。クランメンバーは近所のチビッコたちから募りまして、年齢的には5歳から8歳ぐらいの子たちでした。みんなお父さんのシャツを着て、その裾をひらひらさせていました。ところが、第2幕が終わったときに、クランメンバーのたちとのトラブルが持ちあがりました。彼らは急にストライキに入り、出演料を5セントから10セントに賃上げしろと要求してきたのです。さらに、わたしがいよいよ絞首刑になるという場面で、クランメンバーのうちの二人がおトイレに行きたくなって、演技の最中に悲惨な待ち時間ができてしまい、お客さんたちは大喜びでやんやの喝采でしたが、わたしは悔しくてなりませんでした。母はちょうど留守にしていたのですが、母が帰宅すると、法律家だった父と一緒になって、著作権法違反についてわたしに長々とお説教をしました。こっぴどく叱られましたので、わたしはその後ずっと、トマス・ディクソンさんに訴えられて何百ドルものお金を請求されるのだろうとおびえておりました。あれ以来、著作権というものは大いに尊重するようにいたしております。

（鴻巣友季子訳）

リシャ語で「黒い」「暗い」を表す「μελαν《メラン》」（メラニン色素もここに由来します）とつながるため、黒のイメージです。映画ではもっぱら聖女＝白のイメージのメラニーが描かれていましたから、彼女のイメージが黒だというと、驚かれる方も多いかもしれません。しかし前章でも少し触れたように、メラニーはたしかに聖女ではあるのですが、決してそれだけではない、実に多面的な人物です。スカーレットが怖気《おじけ》づいたときには俄然《がぜん》押しが強くなったり、ときには底意地の悪さすら発揮したりします。

## 二人のダブル（分身）ヒロイン

　ここで、『風と共に去りぬ』の黒のヒロイン、メラニーについて、その多面性を詳しく追ってみたいと思います。まずは、メラニーの秘める狂気めいた危うさが最初にのぞくシーンです。さきほども紹介した慈善バザーで愛国者たちが陶然となる場面。メラニーについても、「その目に深く狂信めいた光が灯り、一瞬、彼女の平凡な顔を輝かせ、美しく見せた」とあります。実際家のスカーレットとは違い、メラニーは愛や理想といった抽象的な観念に左右される度合いが大きいようです。

　スカーレットがヤンキー兵を撃ち殺した場面では、彼女がメラニーの侠気を見直し、「つまらない嫉妬《しっと》でくもっていた目が晴れると、メラニーのやさしい声とハトのように柔和な目の奥に、不撓《ふとう》の鋼《はがね》の薄い刃《やいば》がきらめくのが見え、メラニーのおだやかな血のなかに果敢さの高らかな印を感じとった」と言います。何だかゾクゾクしますね。

メラニーにはまた、相手の一番痛いところを突く意地悪女の一面もあります。スカーレットを非難し、付き合いを断とうとするアトランタのご婦人たちに反論し、最後の一撃を食らわせるこんな場面。

「あなたは根に持っているんでしょう」と、メラニーが小さな拳《こぶし》を両脇《りょうわき》で握りしめながらさえぎった。「製材所を運営する才覚がないヒューを彼女が御者に降格したことを」

「メリー！」婦人たちは戦《おのの》いて一斉にうめいた。

エルシング夫人［註：ヒューの母親］の頭がキッとあがり、彼女はドア口へと歩きだした。が、玄関ドアのノブに手をかけたところで動きを止めて、ふり返った。

「メリー」と呼びかけた声は、少しやわらいでいた。「ハニー、ずいぶん傷つきましたよ。わたくしはあなたのお母さまと親友でしたし、ミード先生が赤ちゃんのあなたをとりあげるお手伝いをした仲ですから、わが子のように愛してきました。これが重要な問題なら、あなたがそんな口を利くのも少しは我慢できます。でも、スカーレット・オハラのような女のことで……。ことによれば、あなただってさっさと罠《わな》にはめるような女なのに――」

エルシング夫人がしゃべりだしたときには涙を浮かべたメラニーだが、夫人がしゃべり終えるころには、また表情を固くしていた。

「お知らせしておきます」メラニーは言った。「どちらさまもスカーレットのお宅に行かないという方は、わが家への訪問も金輪際ご遠慮いただきます」

極めつけは、ほとんど任侠映画の登場人物のようなセリフを吐き出すメラニーです。スカーレット対その他の女性たちでアトランタの街が真っ二つに割れてしまったとき、スカーレットに味方するメラニーはこう言うのです。


ここでメラニーは静かな悪意をこめた。「インディアとエルシング夫人には思い知っていただくわ。わたしの夫と義姉《あね》のことでデマを広められると思わないでほしいわね。アトランタではまともに顔をあげて歩けないようにきちっとけじめをつけてやりましょう。それに、彼女たちの言うことを信じたり、家にあげたりした人は、だれであれわたしの敵よ」

付言しておきますが、「顔をあげて歩けないように」も「きちっとけじめをつけてやる」もすべて原文に書いてあることです。翻訳にあたって、もちろん脚色はしておりません。

このように、聖女から意地悪女、任侠映画の親玉もどきまで、メラニーは非常に多面的な顔を持つキャラクターです。強さと弱さ、非道さと慈愛、明と暗、聖と俗、さまざまな顔を持つメラニーは、さまざまな場面でスカーレットと絶妙のフォーメーションを組むような動きをします。スカーレットとメラニーは、作者にとって二人で一人であり、どちらも対等なヒロインであったのではないかとわたしは思います。

また、この二人はいずれも作者ミッチェルの分身であったとも言えるでしょう。ミッチェルは、はじめは母の期待に応えてメラニーのようないい子になりたいと思っていた。しかしなることができず、開き直ってスカーレットのような悪い子になってみたのだけれど、やはり、母の子でありたいという思いは捨てきれず、分裂した——。

小説の中で、スカーレットも最初は母エレンの教えに従って名誉や美徳を大切にしようと努めてはいたのですが、戦中、戦後の過酷な状況に放り込まれるなかで、今日を生きるために役立たない抽象的な教えはどんどん捨ててしまいます。ミッチェルは、表のヒロイン・スカーレットには名誉や美徳をかなぐり捨てさせましたが、おそらくミッチェル自身があきらめきれなかったのでしょう、裏のヒロイン・メラニーに、スカーレットが捨てたものをすべて背負わせることにしたのだと思います。

母に求められた二つの像を、小説の中では両方実現したい。そのために、ミッチェルはスカーレットとメラニーという二人のダブル（分身）ヒロインをつくり出したのではないでしょうか。

**＊1　マンスプレイニング（mansplaining）**

*Men Explain Things to Me*（邦題『説教したがる男たち』）で知られるアメリカの著述家レベッカ・ソルニット（一九六一〜）が普及させたと言われている。

**＊2　トマス・ディクソン**

一八六四〜一九四六。アメリカの作家。南部の名誉回復を目指す秘密結社としてクー・クラックス・クランを描いた映画『國民の創生』（一九一五年）の原作となった小説の作者として知られる。『國民の創生』は興行的には成功したものの、当時とは言え、ＫＫＫの行動を美化し黒人を悪役とするストーリー展開に批判の声があがり、ＮＡＡＣＰ（有色人種地位向上全国協会）による上映禁止運動も起きた。

# 第4章——すれ違う愛

## レットとの結婚と、目覚めない性

『風と共に去りぬ』の物語冒頭では十六歳だったスカーレット。第3章では二人目の夫フランクがクー・クラックス・クラン討ち入りの際に亡くなったところまでのあらすじをご紹介しました。この時点までで七年の歳月が経過し、スカーレットは二十三歳になっています。

フランクの葬儀が営まれるさなか、ロマンスとしてのこの物語にとって大きな展開が生じます。弔問にやってきたレットがスカーレットにプロポーズするのです。「〈トウェルヴ・オークス〉できみに初めて会った日から、いつか手に入れたいと思ってきたんだ」と語るレット。事業で財産を築いたスカーレットはもう自分に借金の申し込みもしてこないだろうから、手に入れるには結婚するしかないと考えたと言います。心底驚くスカーレット。第4章では、人間は自分の本当の心にはなかなか気づけないものだ、というお話をさせていただきます。

スカーレットは、最初レットの求婚をジョークだと捉えてこれまでのようにやり過ごそうとします。しかし、「これは誠心誠意の高潔なる求婚だ」という言葉を聞いて彼が本気だと気づくと、「初めての求婚に顔を赤らめ、ろくに口もきけない小娘のように」

なってしまう。「わ、わたし、もう結婚するつもりはないの」「だって、レット――あなたのこと、愛していないもの」とどぎまぎしながら断ろうとしますが、レットは「だから といって、なんの不都合がある。前二回の結婚計画でも、愛が重要だった記憶はないが」とスカーレットの痛いところを突き、自分と結婚しない理由を問い詰めます。そのとき、ふとスカーレットの心に浮かんだのはアシュリの姿でした。

レットに不満があるのではなく、彼にはときに心からの好意も抱くけれど、じつのところ、もう結婚したくないのはアシュリのためだった。自分はいつまでも、いつまでも、アシュリのものなのだから。（中略）アシュリと〈タラ〉、わたしはこの二つのものに属している。

アシュリのことを思いつつ、サラッと〈タラ〉が入ってくるところが要注目ですね。スカーレットの表情がやさしく変化し、そのアシュリを思う心の内にピンときたレットは、「スカーレット・オハラ、きみはばか者だな！」と悪態をつき、彼女をきつく抱きしめて唇を奪います。

「結婚すると言ってくれ！」レットの口が近くに迫り、眸《ひとみ》もすぐ目の前にあって、世界をいっぱいにするほど巨大に見えた。「イエスと言うんだ。くそっ、さもないと――」

考える間もなく、かすれる声で「イエス」と答えていた。

こうしてスカーレットはついにレットと結婚します。しかしながら、スカーレットがこの期《ご》に及んでも自分の身も心もアシュリのためにとっておきたいという願望があるとは、いささか驚きですね。彼女はいまだにアシュリを王子様のように思い描いている。その様は、とても二度の結婚を経た大人の女性とは思えません。スカーレットは、実業家として、また実社会のサバイバーとしてたくましい自立の道を歩んでいます。一方、恋愛やエロスの面に関しては、まるで十六歳の少女の頃と変わらない未熟さを示している。この落差が、周囲に対して、また自分に対しても、さまざまな勘違いと悲劇を生んでいると言えます。

しかしレットのプロポーズの場面では、成熟した男性の情熱的なアプローチに気迫負けしたのか、一瞬のエロスにさらわれたのか、とうとう「イエス」と答えてしまいます。この口づけのシーンにはスカーレットの性的目覚めというものが感じられます。第

2章で取り上げたアシュリとの果樹園のシーンもそうでしたが、彼女はこのようにときどき目覚めるのです。しかしその場面が終わると、またもとの殻に戻ってしまう。こうした反・性的なヒロインの造形は、自身も若い頃になかなか奔放だった作者ミッチェルが、あえて自らの分身のリビドー（性的本能）にブレーキをかけているようにも見えて、興味深くもあります。

## すれ違うスカーレットとレット

裕福なレットと結婚したスカーレットは、ニューオリンズに豪華な新婚旅行に出かけ、「好きなだけお金を使えて、小銭を数えることもなく、税金を払ったりラバを買ったりするお金を貯《た》める心配もなく暮らせるのは、なんて楽しいんだろう」と浮かれます。帰ってくると、アトランタの一等地ピーチツリー通りに豪邸を新築。自分の好みをことごとく取り入れたモダンで派手派手しいその邸宅で、商売上付き合いのある北部出身の成金たちを招いてパーティを開くのですが、街の旧家名家の人たちはそんな彼女からだんだん離れていきます。

スカーレットが成金たちをはべらせるようになると、レットとの間にも喧嘩《けんか》が頻発《ひんぱつ》。二人の夫婦仲はだんだんとこじれていきます。

そんななか、二人の間にボニーという女の子が誕生します。レットは子煩悩《こぼんのう》で、スカーレットの連れ子であるウェイドとエラにも深い愛情を注いでいたのですが、実の子であるボニーのことは輪をかけて溺愛しました。しかし、スカーレットの方は、妊娠のたびに体型が崩れることがとにかく我慢ならず、アシュリへの〝純愛〟もあって、自分はもう子どもは持たない（つまり夫婦生活を拒否）と宣言。プライドを傷つけられたレットは、この世には女性がいるベッドなんていくらでもあると言い放ち、そこから二人は別々の寝室で寝るようになります。

ある日、製材所でアシュリと二人きりになったスカーレットは、子どもの頃から互いを知る親友として、また大変な時代を共に乗り越えてきた戦友として、アシュリと抱擁を交わします。そこにはすでに「恋の情熱」はありませんでした。ところが、よりによってその現場を、アシュリを迎えに来た彼の妹インディアと、メラニーが居候させている山岳民のアーチーらに目撃されてしまい、大変な騒動が起こるのです。スカーレットへの怒りと嫉妬で泥酔したレットは、彼女を無理矢理寝室に連れて行きました。スカーレットはここでようやく性の悦びに目覚めますが、レットは自らの乱暴な行為を恥じてむしろ遠ざかってしまう。なんとも皮肉ですね。このひと晩の交わりによって、スカーレットは妊娠しますが、レットとのいさかいで階段から転落して流産。さらに不幸は続きます。娘のボニーがお気に入りのポニーから落馬し、たった四歳でその短い生涯を閉じてしまう――。レットは酒浸りとなり、スカーレットは孤独に苛《さいな》まれます。

このあと、レットとスカーレットの運命はどうなるのでしょうか。ここで、結末に至るミッチェルの巧みな展開の組み立てを、スカーレットが見る「霧の悪夢」というものを手がかりに追ってみることにしましょう。

## 霧の向こうに見えたものは

さきほど述べたように、スカーレットはアシュリへの思いが断ちがたく、新婚旅行のベッドでも彼のことを思ってため息をつきます。レットはスカーレットの心中を見抜いて激怒したりするのですが、そんな諍《いさか》いのあと、新婚旅行最後の夜にザリガニ料理を食べてシャンパンを飲み過ぎたせいか、スカーレットが悪夢にうなされるというシーンがあります。〈タラ〉に帰ると母が亡くなっていて、誰も頼れる人がいない。そして霧の中を何かを求めて無我夢中で走るという夢は、彼女が以前から繰り返し見ていたものでした。これは、戦争とその後の荒廃を経験した彼女にいまだに取り憑《つ》く根源的な恐怖でしょう。冷や汗をかいて目を覚ましたスカーレットをレットが抱きしめます。

「ああ、レット。ものすごく寒くて、お腹がすいて、疲れているのに、そこが見つからないのよ。霧のなかを走って、走って、それでも見つからない」

「なにを探していたんだい？」

「それが分からないの。それさえ分かっていれば」

「いつもの夢だな？」

「ええ、そうなの！」

（中略）

「きみが探しているのは、人なのか、それとも物なのか？」

「分からない。それは考えたことがなかったわ。レット、いつかはそこに無事たどりつく夢を見ると思う？」


このスカーレットの問いかけに注目しましょう。「たどり着けるか？」という問いがあるからには、読者は、最後はたどり着けるのではないかと思うかもしれません。あるいは、そうした結末を漠然と期待する。さらに物語のエンディング近くで、この夢とそっくりな事態が現実に出来《しゅったい》します。

娘ボニーが亡くなったあとしばらくして、スカーレットは、メラニーが危篤《きとく》という報せを受ける。ウィルクス家でメラニーと最後の言葉を交わしたスカーレットが、自宅へと走って帰るシーンがあります。メラニーの家から自宅はほんの五ブロック先。しかし彼女は霧に包まれて、自分がどこにいるのかわからなくなってしまいます。

不気味な、けれどよく知っているこの感じ。スカーレットは危険を察知した獣《けもの》のように、はっと頭をあげた。たんなる過労よ。そう思って、自分をなだめようとした。こんなに霧が濃くて薄気味の悪い夜だし。でも、こんなに濃い霧は見たことがない。あの――あの時をのぞいて！

そう気づいた瞬間、恐怖に胸を締めつけられた。ああ、ようやく分かった。百回も見た悪夢のなかで、こんな霧のなかを逃げていくのだった。マントのような冷たい霧につつまれて道しるべもない呪《のろ》われた野辺を。まわりには幽霊や影がうろついて、捕まえようとしてくる。またわたしは同じ夢を見ているのだろうか？　それとも、とうとう夢が現実になってしまったの？

夢と現実の境がわからなくなり、パニックになって駆けだしたスカーレットは、家の明かりが見えてくるところまで来て、ようやく正気を取り戻します。

わが家！　それこそ、わたしがたどり着きたかった場所。あそこにむかって走っていたんだ。レットのもとに帰るために！

そう気づいたとたん、体から鎖が解けるような感覚があり、それとともに、〈タラ〉にたどり着いて世界の終焉《しゅうえん》を見た夜から、ずっと自分の夢にとり憑《つ》いていた恐怖も消えていった。〈タラ〉への旅路の果てでは、生活の安定は崩れ去り、強さ、知恵、慈愛、理解といったものが根こそぎ消えてなくなっていた――エレン・オハラが体現していたそうしたものはすべて、スカーレットの娘時代を守ってくれた砦だった。あの夜以来、物質的な安泰は手に入れたものの、夢のなかの自分はあいかわらずおびえた子どもであり、あの失われた世界で、失われた安らぎの地を探し求めていたのだ。

夢であんなに探していた安らぎの場――いつも霧に隠れて見えなかった温かな安息の地がどこなのか、ようやく分かった。それはアシュリではない――そう、最初から違ったんだ！　彼には、薄暗い森の沼地に射《さ》す光ていどの温かみしかなく、安心感ということで言えば、流砂の中にいるようなものだった。レットなのだ。

スカーレットはようやくここで気づいたわけです。自分が求めていたのはレットなのだと。「洗いざらいレットに話そう」と決心したスカーレットは、急に明るい気持ちが湧いてきて、足取りも軽やかにわが家に向かいます。「今度は恐怖に駆られて走っているのではない。この通りの先に、レットの腕が待っているから駆けるのだ」とこのシーンは結ばれます。

これは、小説プロットのお手本のように見事な展開です。繰り返し見た悪夢が現実のものとなり、そのなかでスカーレットは自分にとってレットこそがたどり着くべき安らぎの地であることに気づく。ここで、前段にあった「きみが探しているのは、人なのか、それとも物なのか？」という問いかけに見事に答えが出ます。まさに、幸せの青い鳥は目の前にいたというわけですね。さあ、駆けていくスカーレットにこのあと待っているものとは——。

実は、このあと読者の期待を裏切るアンチクライマックスが待ち構えているのですが、結末の解説に行く前に、さきほど触れたもう一つの重大な出来事、メラニーの死に戻って詳しくお話ししなければなりません。

## メラニーの死と、二組のセックスレス夫婦

メラニーの死因は流産でした。彼女は体が弱く、もう一人子どもができたら母体が危ないと医師に警告されていました。しかし、子ども好きのメラニーはどうしても第二子が欲しかった。その夢がかなったかに見えたとき、医師の言っていたことが現実になってしまったのです。

従来の読み解きではあまり語られてこなかったことだと思いますが、ここで、アシュリとメラニー、レットとスカーレットという二組のカップルの夫婦生活に着目してみたいと思います。まずアシュリとメラニー。彼らは、メラニーの健康上の理由で医師から夫婦生活を固く止められていました。この物語の時代（十九世紀）のキリスト教では、避妊は基本的に罪悪であり認められていませんから、夫婦間で子どもをつくれない、つくりたくない、ということになれば、それはすなわちセックスをしないことを意味します。しかしメラニーは二人目がほしかった。彼女はレットとスカーレットの間にボニーが生まれたとき、「あの閉まったドアのむこうにいる小さな女の子がスカーレットの子ではなく、自分の子だったら、どんなにいいだろう！」と考えて慌てて神に赦《ゆる》しを乞うています。「でも、それぐらい自分の子をもうひとり望んでいる」というメラニー。「メ

ラニー本人は二人目の子を持てるなら命を懸けるつもりでも、アシュリが耳を貸そうとしなかった」とありますから、ウィルクス家では医師に止められているにもかかわらず、もしかしたら貞淑なメラニーの方から、夫婦生活の迂遠《うえん》な誘いかけが折々にあったのではないかと想像できます。妻の体を思ってそれを拒み続けるアシュリにもつらいところがあったでしょう。

一方のバトラー家。ボニーを産んで仕事に復帰したスカーレットは、アシュリが監督する製材所に出向いて帳簿をチェックし、その業績が平凡なことに落胆します。囚人の労働者たちをもっとこき使えというスカーレットに、アシュリはきみが金の亡者になったのはレットの影響だと嘆きます。アシュリはわたしのことを心配している！　愛してくれている！　そう受け取ったスカーレットは、帰宅後、レットにもう子どもはつくらないと宣言。洞察力の鋭いレットは、今日アシュリと会ってきたためにもう自分とはセックスしないと言っているのだなと見抜きます。「なんて子どもなんだ、きみは！三人もの男と暮らしてきて、いまだに男の本性が分からないとはな。夫なんてものは、閉経した老婦人みたいに思っているようだが」と、これまたレットらしいひねりの効いた皮肉が飛び出しますが、とにかくレットはセックスを拒まれて怒髪天《どはつてん》を衝《つ》く勢いで怒っています。これは当然と言えば当然で、そこにアシュリの影が見えるからこれだけ怒っているわけです。そして彼は高らかに、それなら愛人をつくるか金で娼婦を買うと宣言するのです。

## レットとメラニーの絆、そして秘密

　ここで、もう一組の〝カップル〟に目を向けたいと思います。それはレットとメラニーです。この二人の間にも、彼らならではの比類ない絆が育まれてきています。第1章でお話ししたように、レットはメラニーの瞳の奥をのぞき込んで以来、彼女の人柄や果敢さを畏敬《いけい》しており、メラニーの方も、アウトローのレットに紳士的な美質を見出して尊敬しています。これは一種独特な二人の信頼関係であって、あまり前面には出てきませんが、わたしは本作に深みを加える重要な関係軸だと思っています。

　そんなレットとメラニーが、部屋で二人きりで過ごすシーンが二つあります。一つはスカーレットが流産したあと。流産はレットとの喧嘩が引き起こした転落事故が原因ですので、レットは罪の意識に苛まれて酒に溺れます。このとき、彼の荒れた部屋に慰めに行ったのがメラニーでした。彼女はここで、レットの女性に関する恐ろしい告解《こっかい》の数々を聞くことになります。

なんと恐ろしい。あの彼がなりふりかまわず、しゃくりあげているのだ。酔っ払っているのだと思うとぞっとした。メラニーは酒に酔うということ自体に恐怖感があった。ところが、顔をあげたレットの目を一瞥《いちべつ》するなり、彼女はすたすたと部屋に踏みいり、そっとドアを閉めて、彼のそばに寄った。（中略）なにがなんだか分からないうちに、メラニーがベッドに座って、レットは床に身を投げだしていた。彼はメラニーの膝に顔をうずめ、両の腕と手で死にもの狂いですがりついてくるので、痛いほどだった。

これはスカーレットには絶対に見せないレットの素顔ですね。それをメラニーには、はばかりなく見せている。レットは身も世もなく泣いています。

二つ目のシーンは、ボニーが落馬して亡くなったあとです。愛娘《まなむすめ》の突然の死でレットは錯乱状態に陥り、遺体を自分の寝室に置いて、誰が何を言っても葬儀を行おうとしません。そこで使用人のマミーがメラニーの助けを借りようとウィルクス家にやって来ます。こういうときに頼みにするのはスカーレットではなく、やはりメラニーなのです。彼女は夕食を中断してレットの元にすぐ向かいます。

メラニーが部屋をノックするとすぐにドアが開き、レットはメラニーの腕をつかんで彼女を部屋に引き入れました。しばらくのちにドアが開き、メラニーがマミーに、レットは明日午前中に葬儀を行うと言っていること、今夜は自分がレットに付き添い、ボニーの夜伽《よとぎ》をすることをスカーレットに伝えるよう言います。要するに、自分は彼の部屋に泊まっていくということです。メラニーがレットを説得したことに驚いたマミーは、しかし、彼女がレットの部屋に泊まることは気を利かせてスカーレットには伝えませんでした。ですからスカーレットは最後までこのことを知りません。一方、メラニーの夫のアシュリはきっと知っていたでしょう。妻が急にレットの家に出向いて一晩帰ってこなかったのですし、おそらくメラニーも正直に夫に話したでしょうから。

この二章あとで、夫婦生活が途絶えていたはずのメラニーの妊娠が発覚します。タイミングがタイミングだけに、これはちょっと怪しいと思ってしまう読者もいるでしょう。しかも、レットだけは彼女の妊娠に気づいていた。そのため、お腹の子はレットとの一夜の交わりで授かった子ではないかという憶測が、アメリカで出版当時から飛び交いました。皆さんはどう思いますか？

物語の中にはっきりと正解が書いてあるわけではないのですが、わたしはこの二人の人物造形から言って、それはないだろうと思います。もし一線を越えていたとしたら、二人とも耐えがたい良心の呵責に襲われて、ただでは済まなかったと思うのです。メラニーは子どもができたことを心から喜んでいたと書いてある。夫婦生活が断絶しているからできないはずの子どもですから、これがもしレットとの子だとしたら、アリバイづくりも大変です。ミッチェルは、ある読者がこれについて手紙でズバッと聞いてきた際、レットとの子という説をやんわり打ち消しています。しかし、作者が言う通りに読まねばならないという決まりはありませんから、読者の解釈は自由でしょう。

これはわたしの邪推ですが、メラニーがレットの部屋に泊まったことに対し、そこで何があったにしろなかったにしろ、夫のアシュリにはやはりジェラシーというものが湧いたのではないでしょうか。レットとスカーレットの間に二人目の子どもができたときの状況を思い出してみましょう。あれはアシュリとスカーレットの抱擁が目撃され、その晩にレットが嫉妬から酒に溺れて、ずっとセックスレスだったスカーレットを無理矢理寝室に抱き去り、そこで子どもができたのでした。はるかに穏やかな形にしろ、それと同じようなことが、ウィルクス家でも起こらなかったとは限りません。もともとメラニーの方は第二子を強く望んでおり、〝子づくり〟に積極的だったようです。アシュリがいくら高潔な聖人といっても、生身の人間には違いありません。レットとの一夜のことがトリガーになったという解釈は、一つありえるかもしれません。

## メラニーはすべてを知っていたのか？

メラニーは妊娠してからしばらくは無事に過ごせたものの、二か月で流産、危篤に陥りました。しきりとスカーレットを呼んでいるというメラニーの元にスカーレットが到着、二人は最後の言葉を交わします。メラニーは、息子ボーのこと、そしてアシュリのことも面倒を見てくれるようスカーレットに頼みます。アシュリは実務に向かないから、事業の方も面倒を見てあげてというメラニー。「でも――彼に悟られてはだめよ」という彼女の言葉もスカーレットは承諾します。

このときスカーレットが一番恐れていたのは、自分とアシュリが思い合っていたことを実は知っていたとメラニーから告げられることでした。さて、メラニーは二人の関係を知っていたのでしょうか？　作中に書いてあることを読んでみましょう。

しかし、とても顔をあげてメラニーの目を直視し、やはり彼女は知っていたのだと思い知る勇気はなかった。

「アシュリのこと……」メラニーがまたかすれ声で言ったので、スカーレットは覚悟を決めた。最後の審判がくだる日、神さまの顔を見て、その眼に判決を読みとることがあっても、これより恐ろしくはないだろう。魂の縮みあがる思いで、スカーレットは顔をあげた。
目の前にあったのは、落ちくぼみ、忍び寄る死に眠たげになってはいたがいつもの愛情深い黒い瞳と、つらそうにぐったりと息をしながらもあいかわらずやさしげな口元であり、そこにはなんの咎《とが》めもなく、非難も恐れもなかった――話したいのに力が続かないのではないかという不安が見てとれるだけだった。（中略）
ありがとうございます、神さま。わたしはご厚意に値しない人間なのに、メラニーに知らせないでいてくださり感謝します。

ここを読むに至って、メラニーはアシュリとスカーレットの関係にどうやら気づいていなかったという判断をせざるを得ない。もちろんスカーレットは何でも自分の都合のいいようにしか解釈しない人ですから、勘違いだという可能性もあります。しかし、これまでも見てきたように、もし勘違いであれば作者ミッチェルのツッコミがおもむろに入るはずですが、そうしたツッコミはない。ですから、「メラニーは知らなかった」というのが、おそらくこの段階での真実ではないかと思います。

## 執筆順から読み解く真相

ここでわたしは、メラニーは本当に知らなかったのか？という問題提起をあえてしたいと思います。さきほど紹介した、メラニーがレットを慰める一度目のシーンでも、メラニーは邪《よこしま》なものに出会ったためしがないためレットから悪事の数々を告白されても信じられなかった、という旨のことが書いてあります。また彼女はどんなひどい人にも必ず美質を見出してそれを褒めるとされていますが、これまで見てきたように、メラニーは人々を如才なく動かせる〝インフルエンサー〟でもあり、相手の邪な思惑を見抜く洞察にも長けていますし、意地悪なときはとことん意地悪になれる人でもあるわけです。そんなメラニーなのに、本当にアシュリとスカーレットのことは気づかなかったのでしょうか。

この疑問に答えるための鍵として、わたしはミッチェルがこの小説をどのような順番で書いたかということに注目したいと思います。実は、ミッチェルはこの長編小説を、結末から冒頭に向かって遡《さかのぼ》る形で書いていました。「はじめに」で触れたように、この小説の内容や執筆状況は極秘にされていましたので、正確にどういう順番で書かれたのか確定はできませんが、大きく見て、メラニーが他界するあたりからエンディングにかけてが最初に書かれ、そこから過去に向かって遡るように物語が織られ、最後に、（第一章のみを除き）戦火のアトランタを脱出したスカーレットたちが〈タラ〉にたどり着き、スカーレットが〈タラ〉の生活を担っていく決意をするパートが書かれて空白が埋められた、というのは事実のようです。

そのことを踏まえると、亡くなるときのメラニーというのは、いっとう最初に描かれた彼女の姿ということになります。このときのメラニーは、ミッチェルが理想とする悪を知らない慈しみの聖女であり、真っ白なカンバスのようなキャラクターだったのではないでしょうか。それが、時間が遡るにしたがって、スカーレットとアシュリのスキャンダルによる骨肉の対立があり、再建時代の恐怖があり、貧困、敗戦、戦時中の苦難があり、出征したアシュリとの長い別れがあり、スカーレットに助けられた出産があった。こうして実にさまざまなことを逆回転で体験していくにつれて、メラニーのキャラクターはだんだんと深化し、ときに分裂し、重層化していったのではないでしょうか。

全体として見ると、これだけ洞察力が鋭くて人間関係の機微を明敏に捉える人物が、最も親しく、最も愛するスカーレットとアシュリという二人の関係にまるで気づかないというのは考えにくいのではないかと思います。執筆当初に書かれた死の場面では何も知らなかったメラニーですが、そこから遡って物語が書かれていくうちに、だんだんと真実を知るキャラクターとして複雑さを備えていった――というのが実情ではないかとわたしは思います。

## 「あしたは今日とは別の日だから」

いよいよ物語のエンディングです。自分が本当に愛していたのはレットだったと気づき、走って家に帰ってきたスカーレット。しかし、そこにいたのは自分をやさしく迎えてくれるたくましいレットではなく、疲れきって故郷を求める四十五歳の一人の男でした。ここで、完璧なハッピーエンドを思い描いていた読者の期待は見事に裏切られます。

「わたしの愛はすり切れてしまったんだ」レットはそうつづけた。「アシュリ・ウィルクスと、欲しいものにはなんでもブルドッグみたいにかじりつくきみの気違いじみた強情ぶりを相手にするうちにね……わが愛もさすがにすり切れたんだよ」

何かがおかしいと思いつつ、座り込むスカーレット。レットは、自分は心からスカーレットを愛したが、「この愛をきみに知られるわけにはいかなかった。そうと知ったら、きみはわたしを弱者とみなし、この愛を逆手にとってわたしをいたぶるだろうからね」と言います。それまでのレットは真の愛を隠してアウトローを気取り、それがゆえに女王スカーレットに辛辣な指摘をしても許されていた仮面道化師だったのではないでしょうか。そうやってずっと道化師の仮面をかぶっていたわけですが、その仮面もだんだんとすり減ってはがれ、とうとう素顔が現れてしまった。本当に切ない結末です。

スカーレットはレットの愛を取り戻そうと必死に訴えますが、家を出ていくというレットの決意は変わりませんでした。スカーレットは悲しみに打ちひしがれて、「いまレットを失うことを考えたら、気が狂ってしまう。とりあえず、あした考えよう」と「いつもの呪文《じゅもん》」を唱えます。そして、「そうだ、明日《あす》〈タラ〉へ帰ろう」とつぶやくと、気持ちが少し上向きました。

「とりあえず、なんでもあした、〈タラ〉で考えればいいのよ。明日になれば、耐えられる。あしたになれば、レットをとりもどす方法だって思いつく。だって、あしたは今日とは別の日だから」

この有名な「Tomorrow is another day.」のセリフを以て、物語は幕を閉じます。

こうして作者ミッチェルは、最後にレットとスカーレットは和解して幸せになるという常套《じようとう》的なクライマックスを覆し、レットの愛がすり切れるというアンチクライマックスを以てこの物語を終わらせました。より正確に言えば、「あした考えよう」とスカーレットに言わせることで、その先の物語を読者の想像に委ねるオープンエンディングを用意したと言えます。

この作品の発表当時のエンターテイメント小説の読者は、こうしたアンチクライマックスやオープンエンディングにあまり慣れていませんでした。そのため、最終章でレットが別れを告げて去っていくという結末に「納得できない」「なぜ、こんなはめになるの?」「このあと二人はどうなるの?」と、人々はその後の真実を知りたがり、作者の元には手紙が殺到、ミッチェルを困らせました。苦情も舞い込み、なかには二人が結ばれるように自分で続編を書いてしまうという人たちもいて、これは長年、ミッチェルにとって著作権の悩みの種になったといいます。

## 自分の本当の心には誰も気づけない

こうして物語を読み通してみると、主要登場人物の四人はそれぞれ、自分の本当の心に気づけなかったという共通点があることがわかります。まずスカーレットは、自分のアシュリへの愛は本物だと思っていました。しかし、メラニーが亡くなるという物語の最終段階になって、そうではなかったことにようやく気づきます。同時に、あれほどうっとうしく思っていたメラニーが、実は自分のたった一人の女友達だったことにも気づきます。スカーレットはメラニーの死を目の当たりにしてようやく、彼女の真価、彼女との絆の尊さ、かけがえなさに気づくのです。

次にアシュリですが、彼はメラニーの強さや真価を知らないまま、穏やかな彼女を自分の夢の一部にしてしまっていました。ここが大きな勘違いでした。スカーレットとキスをしてしまった果樹園のシーンで、自分がなぜメラニーを選んだかについてアシュリはこう言っています。

「(前略)この新生活のなかでぼくは余り者でしかなく、不安で仕方ない。そう、あの頃、自分が見ていたのは影絵芝居だと分かったんだ。当時のぼくは影絵的でないもの、つまりあまりにリアルで精気あふれる人や状況とむきあうのをことごとく避けていた。そういうものが這入《はい》りこんでくるのを嫌がった。だからあなたのことも避けたんだよ、スカーレット。あなたがあまりにも生き生きとして現実的だったから、ぼくは怖気《おじけ》づいて影絵と夢の世界を選んだんだ」

「でも、だったら、メリーは？」
「メラニーほどやさしい夢はないよ。ぼくの夢想の一部のようなものだ」

つまり、アシュリにとってスカーレットは過酷な未来（奴隷制に依存した南部の上流社会が風と共に去ってしまうという現実）であり、メラニーはやさしい過去の影絵だった。スカーレットは未来であり、メラニーは過去――だから彼はメラニーにすがったのですが、ここにアシュリの決定的な誤解があります。よく状況分析しているようで彼の認識と実態には乖離《かいり》があった。彼はメラニーの死を目前にしても、「彼女はぼくにとって、（中略）酷《むご》い現実を前にしても死ぬことのなかったたった一つの夢」と言って、スカーレットに激怒されます。メラニーはただの影絵じゃない！　あなたが思っているよりはるかにすばらしい人だ、と。

そしてレットですが、彼も、自分の堅固な愛がすり切れてしまうとは思いもよらなかったことでしょう。恋愛経験も豊富ですし、あらゆることについて目端が利くのですが、自分とスカーレットの関係だけは先が読めなかった。レットは自分の仮面を信じたのかもしれない。しかし、それは意外にもろい、まさに〝ガラスの仮面〟であったのです。

## 矛盾にみちた黒のヒロイン

最後にメラニーです。ここで、第1章で投げ掛けた問いについて考えてみましょう。レットはなぜメラニーの瞳の奥をのぞき込み、そこに何を見たのか。

さきほど述べた通り、この作品の執筆開始時には、メラニーはおそらく何も知らない設定だったのだと思います。それは悪を理解できないほど無垢《むく》な女性像に憧れる作者の願望が生み出した設定であったかもしれません。しかし、このメラニーというスカーレットの分身《ダブル》は、その後、長い年月と紆余曲折を経て長い物語が書かれるうちに、作者と共に多くのことを知ってしまったのでしょう。そして、あの物語序盤の慈善バザーの場面にたどり着いたとき、思わず、初対面に近いメラニーの瞳の奥までのぞき込んでしまったのは、レット・バトラーではなく、むしろ作者のマーガレット・ミッチェル自身だったのではないでしょうか。自分はなんと複雑なキャラクターをつくってしまったことか――このときミッチェルは思わず、レットの目を通じてメラニーという内なる虚空の底知れなさと、その闇に自らが放り込んできたものの膨大さにおののいて呆然としたのではないかと思います。それはまた、自分自身の内にある闇でもあったでしょう。

メラニーはアシュリとスカーレットの関係を知っていたのかという問いの答えを改め

て述べるならば、彼女は何も知らないと同時に、やはりすべてを知り、すべてを飲み込む矛盾にみちた黒のヒロインだった。わたしはそう考えています。

ブックス特別章

# 養護・扶養小説としての『風と共に去りぬ』――ケアラーと稼ぎ手の間で

本書では大ベストセラーである古典名作『風と共に去りぬ』の知られざる面をご紹介したり、思い違いや誤解されている点を解説したりしてきました。

ここでもう一つ、前々から解説したいと思っていたことがあります。本作への評論や研究ではほとんど光を当てられてこなかったことですが、「養護と扶養」そして「他愛精神」という問題です。他の章でも少し触れていますが、養護と扶養という行為はスカーレット・オハラという人物の人格を形成する大きな要素でもあり、また、一見肉食獣のように獰猛《どうもう》で強欲《ごうよく》で自分本位なこのヒロインが嫌われない理由の一つでもあろうかと思います。

では、この章で深掘りしていきましょう。

## 偉大な母という手本と重荷

つとに「ロマンス小説」として名高い本作ですので、どうしても男女の恋愛感情、すなわちエロスに目が行きがちですが、私が注目したいのは友愛を意味するフィリアや、隣人愛のアガペーです。

若いスカーレットが看護や介護というものを初めて担うのは、戦中のアトランタの病院で傷病兵の看護を手伝ったときです。しかし兵士たちが痛みに呻《うめ》く声をたえず耳にし、血や膿《うみ》や排泄物の臭いに吐きそうになって、「この男たちがみんな死んでくれればいいのに」と心中でつぶやく場面もあります。

これは大長編のまだ序盤で、スカーレットは自己愛の塊《かたまり》として描かれますので、彼女の心ない言葉に憤《いきどお》りを感じる読者もいたかもしれません。

メラニーに対しても初めはとんだお荷物扱いでした。それも、気持ちとしてはわからないでもありません。故郷の〈タラ〉農園では、最愛の母エレンが腸チフスに罹《かか》って伏せっているという報せが届いていたからです。

スカーレットにとって、母エレンは「グレート・レディ（貴婦人中の貴婦人といったニュアンスの最上級の褒め言葉）」で女性としても人間としても完璧な存在です。それゆえに、自分は母のようになれない劣等感に苛まれており、名より実をとる彼女の奔放な生き方はその反動とも言えるのです。

偉大な母に対してスカーレットは無力な子どもでした。まるで幼子がお母さんを見あげるような絶対的信頼感と依存心がそこには見てとれます。次の引用は、〈タラ〉から一週間ぶりに手紙が届き、母の病状を知る場面です。エレンは腸チフスに罹った貧しい隣人の看病に行って自身も感染したのでした。

あのお母さまが病気で――もしかしたら死にかけているなんて。いいえ、エレン・オハラが病気になるなんてありえない！　これまで体を悪くしたことなどないんだもの。母が病気になるということ自体が信じがたく、それまで頼りにしていた人生の拠《よ》り所から崩れていく気がした。ほかのみんなが病気になっても、お母さまだけはそんなことありえない。病人の看病をして、快復させる。それがエレン・オハラという人のはずだ。その人が病気になどなるはずがない。ああ、家に帰りたい。おびえた子どもが唯一《ゆいいつ》知る安息の地を無我夢中で求めるように、スカーレットは〈タラ〉に帰りたくてたまらなかった。

「病人の看病をして、快復させる。それがエレン・オハラという人のはずだ。その人が病気になどなるはずがない」と言っています。母エレンは娘スカーレットにとって、つねにケアラーであってケアを受ける側ではあり得ない。そんな感覚を抱かせるほど、エレンは家族と地元の人々の看護、介護、家事、そして農園の切り盛りに献身していたのです。実際、伝染病に倒れたエレンは誰の看病を受けられたでしょう? マミーたち使用人は自分が体調を崩すとなす術がなく、エレンに頼りきりだったようですから、充分な看病ができたとは思えません。
心細くてたまらないスカーレットは、八つ当たりのようにメラニーに対してこんなことを心中でつぶやいています。

「メラニーをかわいそうに思うべきなのだろうが、どういうわけか、ひと欠片《かけら》の同情心もわいてこないのだ。自分の抱える苦悩で心を引き裂かれていたからだろう。痛みにゆがんだメラニーの顔をキッとして見て、ふしぎに思った。よりによってこんな時に彼女につきそうのが世界中のよりによって自分だというのはどういう訳なのか——おたがい似ても似つかない者同士だし、自分はこの人を憎んでさえいて、いっそ死んでくれたらうれしいぐらいなのだ」

また「死んでくれたら」です。とはいえ、アシュリとの約束でメラニーを見捨てられず、そうするうちに大嫌いだったメラニーのことを見直す機会を得て、彼女への友愛が芽生えてくることは、第2章にも書きました。

以下に引用するくだりには、スカーレットがその後自分にのしかかってくる重荷を予感する瞬間が描かれています。メラニーの出産が迫っているのにミード医師は来られない、「産婆《さんば》の手伝いの経験がある」と威張っていたプリシーの言葉も嘘だったとわかり、スカーレットが腹をくくる場面です。

　プリシーが悲鳴をあげるうちに、二階のうめき声はやんで、しばしのち弱々しく震えるメラニーの声が呼びかけてきた。「スカーレット？　帰ったの？　来てちょうだい、お願い！」

　スカーレットが腕を放すと、召使の小娘はめそめそ泣きながら階段に座りこんだ。スカーレットは階上を見あげて、また始まった低いうめき声を聴きながら、しばし棒立ちになっていた。**そうして立っていると、首にがっちりと軛《くびき》をかけられ、その後ろに重い荷をつながれた気がした。ここで一歩を踏みだしたとたん、その重みを感じることだろう。**

　ウェイドのお産のときマミーと母のエレンがしてくれたことを片端から思いだそうとしたが、分娩《ぶんべん》の痛みはありがたいことに記憶が薄れており、それと同時にあらゆることが薄ぼんやりとしていた。それでもいくつか思いだすことがあったので、威儀を正してプリシーに口早に言いつけた。
「厨房《ちゆうぼう》のかまどに火を熾《おこ》して、ヤカンにお湯を沸かしておきなさい。それから、ありったけのタオルと麻糸玉を見つけて持っておいで。あと、ハサミもね。見つかりませんでしたなんて言うんじゃないよ。さあ、取ってきなさい、いますぐによ。早く」

他人のケアの責任という「軛」が首に掛かったのを自覚した瞬間ですね。娘スカーレットはここでも母エレンを手本としています。

## 他愛精神の芽生え

身重のメラニーも連れて〈タラ〉までの帰還を成し遂げ（その途上でもう一人の「母」であるレットに捨てられるという経験もし）たことで、スカーレットは自立の道を歩み出します。この自立を「完結」させるのが、心の大きな拠りどころとしていた母の死です。次の引用は、父から一連の経緯を聞かされる場面です。〈タラ〉には一時期、北軍が駐屯していました。

「わしは娘たちとおまえの母さんとずっと二階におったから、むこうの人間とはほとんど顔を合わせなかった。いちばんよく会ったのが、さっきの若い外科医だ。あの男はよくしてくれた。本当によくしてくれたぞ、スカーレット。（中略）しかし母さんは――奥さまはたいそう体がお弱い――持ちこたえられないだろう、と。病気になる前から体力をそうとう消耗していたようだと……」

その後は言葉にはならなかったが、スカーレットには母が倒れるまでどんな風にすごしていたか目に浮かぶようだった。〈タラ〉のか細い大黒柱は看病と仕事に明け暮れ、他の者たちが休んだり食べたりできるよう、自分は睡眠も食事もとらずに根をつめていたにちがいない。

「そうするうちに、敵軍は先へ進んでいった。さらに進軍をつづけたのだ」

そう言った後、ジェラルドは長いこと黙っていたが、不意に娘の手を求めてきた。

「おまえが帰ってくれて良かった」父はぽつりと言った。

スカーレットの「娘時代」が終わりを告げ、母が一人で背負っていた家族の世話と仕事の重荷が丸ごと彼女の肩に移された瞬間です。娘の手を求めてきた父は、そこに亡き妻の手を見ていたのではないでしょうか。彼の「おまえが帰ってくれて良かった」という言葉は実質、「おまえがこれからはエレンの代わりをしてくれ」という意味でしょう。
　ここで重要なのは家事、育児だけでなく、農場の経営までもがその肩にかかってきたことです。〈タラ〉の当主は名目上ジェラルド・オハラですが、実際に采配《さいはい》を振るっていたのは妻のエレンであり、使用人も農園の労働人たちも彼女が動かしていました。エレンとジェラルドの位置関係はこんなふうでした。

　　なにしろ、［註：ジェラルドは］じつのところ自分が声を限りに命令をとばせば、だれもが震えあがって従うと思いたいのである。このプランテーションの皆々が従う声はただ一つ、エレン・オハラの柔らかな声だけなのだが、そんなことは思いもよらない。この秘密をジェラルドが知ることはないだろう。なぜなら、上はエレンから下はいたってもの知らずの野良働きまでが、暗黙のうちに心やさしく手を組んで、ご主人さまの命令こそがここの掟《おきて》であると思わせてあったからだ。

　他方、エレンの有能ぶりはこのように書かれています。

　　スカーレットの記憶にあるかぎり、母は顔色ひとつ変えたことがなかった。その声は褒めるときも叱るときもソフトでやさしく、ジェラルドを長とするてんてこまいの大所帯に、日々どんな緊急事態が出来《しゅったい》しようと、手際よく立ち動き、取り乱すことがない。どんなときも平常心をたもち、三人の息子を赤ん坊のうちに亡《な》くしたときさえ、肩をおとすことがなかった。椅子《いす》にすわる母が背中を背もたれにつけているのを、スカーレットは見たことがない。着席する際にはきまって針仕事を手にしており、例外は食事どきか、病人の看病をしているときか、プランテーションの帳簿をつけているときぐらいだった。

ある意味、農園の有能な経営者であり、使用人を含めた大所帯の指揮官であった超人的な母エレンを失い、その役割をスカーレットは背負います。それはこの時代、男主人であると同時に有能な女主人でもあれと言われているようなものです。男の当主として大所帯を養い、女の主人として全員のケアをせよ、と。

ここには作者ミッチェルの人生が投映されているでしょう。彼女自身が母親から、男性に負けない学識と技能を習得し、腕と才覚で生き抜いていけるようにしなさいと仕込まれる一方、たおやかで奥ゆかしい南部女性（サザン・ベル）の美徳も身につけるよう厳しくしつけられて、人生観が分裂していたからです。この分裂が、スカーレットとメラニーという、分身的ダブルヒロインを生んだことは第3章に書きました。

## 「拡張的家族」を背負うスカーレット

スカーレットは〈タラ〉に帰りましたが、そこでは日々の食料にも困窮するありさまです。彼女が畑に倒れ伏し、ひもじさのあまり、貧弱なカブを泥のついたままかじって嘔吐《おうと》し、「神に誓って、もう決してひもじい思いはしない」と奮起する場面は映画でもよく知られているでしょう。

いまや彼女は血縁のない人たちを含む「拡張的家族」を抱えています。自分の幼子ウェイド、認知症とおぼしき父、病み上がりで働けない妹たち、産後で衰弱しているメラニー、彼女の乳飲み子《ちのご》ボー、もう若くない使用人たち……。ちなみにアトランタにも、頼られたら断れない第一夫（すでに病死している）の叔母ピティパットなどもいます。頼られたら断れずにどんどん引き受けてしまうあたり、父ジェラルドの心根の優しさや気風の良さを受け継いだ漢気（姉御肌）とも言えます。こういうスカーレットの度量と他愛精神に触れて、読者は好感を抱くようになるのかもしれません。

こうした拡張的家族を背負いながら、スカーレットは戦争でほとんど廃墟と化した〈タラ〉の屋敷と農園の再建に乗りだし、そのための物資集めと資金繰りに奔走します。

勉強は嫌いでしたが、算術だけはずば抜けて得意だった彼女です。いまの〈タラ〉で家計と農園の経理を担当できるのはスカーレットしかいません。母エレンも農園の帳簿をつけていましたから、この点は母の能力を受け継いだようですね。こういう設定にも、数学が得意だったミッチェルの実母の像が投映されているのかもしれません。

さて、この家族の中にもう一人、メンバーが増えます。南北戦争が終結し、イリノイ州の悪名高いロック・アイランド捕虜収容所から解放されたアシュリです。自宅の屋敷は焼け落ちたため、〈タラ〉農園に身を寄せることになりました。

男手ができたわけですが、彼は生まれながらの〝貴族〟であり、ヨーロッパの難しい書物を読み、みごとにバイオリンを弾き、馬を乗りこなしますが、いかんせん実務にはまったく向いていません。家事も薪割りも苦手だし、数字にも弱く、気高すぎて商売にはまるで不向きです。

本作中の重要な語にgumption（世才、世渡りの度量）というものがありますが、これに欠けているのです。一方、フランス貴族出身でも、パイのワゴン販売で成功したルネ・ピカールという登場人物にはこれがあるので、いったんは凋落《ちょうらく》しても再び上昇できました。

ブルデューという社会学者は、人間の豊かさについて「文化資本」と「経済資本」を分けて考えていますが、アシュリは学術芸術に価値を見いだす「文化資本」の人です（お金と土地が大好きなスカーレットは「経済資本」の人ですね）。ルネも元々はバイオリニストになるつもりで、文化資本の人なのですが、意外にも経済資本の人へと越境することができました。この「越境」とは、第2章で紹介した、世界がひっくり返ったとき生き方を変えられる者だけが生き残るというレット・バトラー（64〜65ページ参照）の言葉と重なりあいます。

## 物語が終わっても終わらない養護と扶養

家族は増えてもスカーレットの負担は減らない。逃げだしたくなることもあったでしょう。あるとき思いあまってアシュリを駆け落ちに誘う有名な「果樹園のシーン」があります。スカーレットはこのように言います。

「そうよ、逃げだしましょう――なにもかも捨てて！　わたし、家のみんなのために働くのに疲れたわ。あの人たちは、きっとだれかが面倒みてくれるでしょ。（中略）ねえ、アシュリ、逃げましょう、わたしと一緒に。メキシコに行けばいいわ――メキシコの軍隊は将校を欲しがっているし、わたしたち幸せに暮らせるはずよ（後略）」

およそ現実みのない提案です。とはいえ、「わたし、家のみんなのために働くのに疲れたわ」という言葉に、ふだんは押し殺しているスカーレットの万感の思いが感じとれて、こういう箇所でも読者は彼女にシンパシーを抱くでしょう。

さて、物語のラストでスカーレットは母なる故郷〈タラ〉に帰ろうと思い立ちます。おそらくその通りにするでしょう。しかし彼女の「養護と扶養」は小説が終わったあともつづいていくはずです。

まず、メラニーは今わの際に「ボーのことをお願い」と言います。すると、スカーレットは、ボーは自分の子と同様に育て、ピアノの習い事もさせるし、大学にも行かせるし……と、細かに約束します。二人の強い友愛を感じさせ、胸に迫るシーンです。

つぎにメラニーに「アシュリの面倒を見てあげて。風邪をひきやすいの」と頼まれると、もちろんスカーレットは引き受けました。しかも彼のプライドを傷つけないため、本人には気づかれないようにサポートすることでメラニーと結託します。ジェラルドを威張らせておいたオハラ家の気づかいと似ていますね。

スカーレットはこうしてボーとアシュリを引き受けましたが、加えて、アシュリの同居人には独身の妹インディアもいます。さらにアシュリたちの叔母さんで、戦争で財産をあらかたなくし、生活力も自立力もないピティパットも、いずれは扶養し介護することになりそうです。彼女の兄で独り身の老齢のヘンリー伯父さんもおり、必要とあらば、彼の看取りもするのではないでしょうか。さらには、メラニーと兄のチャールズの実質的な育ての親であるピーター爺やのサポートも。

それから、年老いたタラの使用人たちのことは最後まで面倒を見るでしょう。妹のひとりスエレンは、ウィルという非常に堅実な庶民男性と結婚していますので、この男性が当主の仕事を一部担うでしょうが、スカーレットは〈タラ〉のことになると、他人に任せてはおけない性分です。

『風と共に去りぬ』はオープンエンディング（結末が自由に解釈できる）ですので、物語の続きが気になって、出版当時からミッチェルの元に「スカーレットとレットはどうなるんだ?」という声が殺到しました。しかしスカーレットにはレットとの復縁より、養護・扶養問題がより深刻に迫ってくるはずです。

ここからは想像ですが、彼女にはアトランタにも大事な事業所がありますから、タラとアトランタ、田舎と都会を行き来して二拠点生活をしながら、この拡張的家族の面倒を見ていくのではないでしょうか。

では、アシュリとはどのように付き合っていくのか。おそらく夫婦でも恋人でもない「疑似家族」として、彼をどこかに呼び寄せることになるでしょう。ここに彼の妹やピティパット叔母さんも同居するかもしれません。養護と扶養の観点から見れば、こうした拡張的な疑似家族を形成するというのがいちばん現実的な解決策ではないでしょうか。そのうちレットも気になってようすを見に戻り、スカーレットの不器用な奮闘ぶりを見かねて、また助力を申し出ることも想像できますね。結局は彼も同居するもしれません（アトランタの豪邸は元々レットが建てたものですから）。

スカーレットと、運命の恋人だったアシュリ、魂の双子レットの三人が友愛と他愛精神のもとに同居するビッグファミリーの現代的な物語も読んでみたい気もします。養護と扶養が結びつける三人。そんな観点から『風と共に去りぬ』を読み解くこともできるでしょう。この大作はロマンス小説という枠組みに押しこめない方が、何倍も楽しめそうですね。

## 読書案内　黒人文学の古典と現在

『風と共に去りぬ』は白人作者による小説ですので、この読書案内ではアフリカ系アメリカ人作者の文学をご紹介します。

最初に歴史的背景を非常に簡単に述べておきましょう。南北戦争後、アメリカの奴隷制度は廃止されましたが、一八七〇年代から一九六〇年代まで、黒人や先住民を差別し抑圧する「ジム・クロウ法」という悪しき隔離政策法が残っていました。黒人文学はつねにアメリカの社会変革と密接に結びついて書かれ、読まれてきました。

それは奴隷制時代の奴隷による叙述から始まり、南北戦争後の再建時代（一八六五～七七年）には、人間関係の変化や、自由と平等を求める闘争をテーマにした文学作品が書かれました。黒人がアイデンティティを隠して白人として生きることを「パッシング」と言いますが、それを主題にしたC・W・チェスナットや、黒人の方言を採り入れた叙事詩やミュージカルコメディの歌詞を書いたポール・ローレンス・ダンバーらがいます。

一九二〇年代、モダニズム文学が花開きジャズ・エイジと呼ばれる時期には、「ハーレム・ルネサンス」というアフリカ系アメリカ人の文芸運動が起きて、一九三〇年代初頭までつづきました。作品を通じて黒人の権利やアフリカ文化の継承が訴えられましたが、それまでと違うのは、ジャズやブルースといった黒人ルーツの音楽やアート、演劇などのポップカルチャーとも結びついて広く展開したことです。運動のリーダーの一人には、「おんぼろブルース」や「ニグロと河」などを著した詩人で作家のラングストン・ヒューズらがいます。また女性作家では、自伝的作品の『流砂にのまれて』や『パッシング』を書いたネラ・ラーセンも非常に重要です。

人種や肌色で投票権を拒否することは、一八七〇年にはすでに禁止されていましたが、アフリカ系アメリカ人の投票は特に南部諸州で妨害されつづけます。キング牧師やマルコムXらの指導のもと、一九五〇年代後半から公民権運動が活発になり、一九六五年にようやく投票が実質可能になりました（それでもさまざまな差別は残っています）。では、一九四〇年代以降のアフリカ系アメリカ人作家と代表作を紹介しましょう。

**◉リチャード・ライト『ネイティヴ・サン　アメリカの息子』**（原作一九四〇年、上岡伸雄訳、新潮文庫）

ライトは、一九四〇年代に一世を風靡《ふうび》したアフリカ系アメリカ人作家。自然主義的手法を用い、環境が個人に与える影響を掘りさげた。本作の舞台は三〇年代、シカゴのサウスサイド。極貧生活を送る二十歳のビッガーと仲間たちは、人種差別に対して怒りと鬱憤《うっぷん》が暴発しそうになっている。あるとき、ビッガーは泥酔《でいすい》した白人の娘を寝室まで連れていく役目を負う。つい彼女の身体に触れてしまった彼は、動揺のなかで娘を窒息死させるに至る……。そこからビッガーの逃亡、取り調べ、裁判のゆくえが描かれていく。

本書には、後世代の黒人作家からの批判もあった。差別への抗議を重んじたため、黒人の衝動的、暴力的な言動が前面に出て人間性が描けていないというものだった。ビッガーを脅かし駆り立てていたものはなんだろう？　不穏当《ふおんとう》とされた性的・暴力的な記述を削除した版が長らく出回っていたが、この新潮文庫版はその部分を復元した形になっている。

◉ジェイムズ・ボールドウィン『ビール・ストリートの恋人たち』（原作一九七四年、川副智子訳、早川書房）

ライトを批判したのが『見えない人間』の著者ラルフ・エリソンと、このボールドウィンだった。ボールドウィンは、米文学者大橋吉之輔《おおはしきちのすけ》氏によれば、「黒人を差別する白人を憎むのではなく、むしろ黒人側が憐れみの心をもって受け容れなくてはならない」と主張し、のちにパリへ移住して創作する。

近年映画化された『ビール・ストリートの恋人たち』も、黒人への冤罪《えんざい》事件が題材になっている。幼なじみで恋人同士の十九歳のティッシュと二十二歳のファニー。十代のティッシュの視点で物語られる。

あるときファニーがプエルトリコ出身の女性ヴィクトリアへのレイプ容疑で逮捕される。警官に人種差別的な態度をとられた彼がそれに歯向かったことに対する報復行為だった。ティッシュの妊娠も判明し、それぞれの家族はファニーの無実を法廷で証明しようとするが、ヴィクトリアがゆくえをくらましてしまう。ティッシュの母が捜索《そうさく》に乗りだす。一方、彼自身は刑務所内で他の囚人からの暴力に脅えていた。ハーレムのコミュニティからの支援もあるが、彼の釈放の目途は立たないまま、ティッシュの出産の日が迫る。

現在のブラック・ライヴズ・マター運動が一段と勢いを増すきっかけとなった白人警官による黒人への傷害致死事件などを想起させる。半世紀を経ても差別意識の根本が変わっていないことに気づかされる一冊だ。

**◉トニ・モリスン『ビラヴド』**（原作一九八七年、吉田廸子訳、ハヤカワepi文庫）

オハイオ州の南部を舞台にした本作は、現実の凄惨《せいさん》な幼児殺害事件に基づいている。一八五六年、黒人奴隷の女性であるマーガレット・ガーナーは夫と子どもたちと共にケンタッキーの大農園から脱走した。たちまち追手が迫ってくるが、自分の娘を奴隷に戻すぐらいなら死なせた方がいいと考え、母が殺してしまったという事件だ。

『ビラヴド』のセサは、いまは自由の身だが、心に深い傷を負っている。彼女も子どもたちを連れて、虐待的な主人から逃亡を企《くわだ》てて捕まりそうになり、ガーナーと同様の理由から子どもたちを殺そうとしたのだった。上の兄二人は一命をとりとめ、末の妹も助かったが、二歳ほどの娘だけは亡くなってしまう。

そうして約十六年後。「ビラヴド」という名の謎めいた若い女性がセサの家にやってくるところから、本作の語りは始まる。セサはこの娘を死んだ子の生まれ変わりのように愛するようになるが……。

セサが亡くなった娘の墓石に「Beloved」という碑銘を刻むくだりがある。お金のない彼女は一単語を刻むために、石工との十分間の性交を要求されるため、「Dearly Beloved」と刻むところまで行かず、力尽きてしまう。

いまアメリカでは「子どもに悪影響がある有害図書」を公共図書館で閲覧できないようにする禁書運動が市民によって展開されており、本書も残酷な虐待、子殺しなどの描写があるという理由で、保守派から禁書要請が出されることが非常によくある。しかしそれは歴史から目を背けることにならないだろうか？

◉コルソン・ホワイトヘッド『地下鉄道』（原作二〇一六年、谷崎由依訳、ハヤカワepi文庫）

『地下鉄道』は奴隷制度の敷かれた南部を舞台に幕開けし、主人公女性の北部への脱出を描く。「地下鉄道」とは南部奴隷を北部へ逃がす、実在した地下組織の暗号で、本作では実際の地下通路を意味する。

ジョージア州の大農園で働く五人の子の母アジャリーの物語として始まり、子のなかで唯一生き延びたメイベルの逃亡劇が描かれる。これを序段として、時間はメイベルの娘コーラの時代に飛ぶ。

彼女も雇用側の暴力とレイプに耐えて生きてきたが、ついに北部への脱走を決行。かつてメイベルを取り逃がして復讐に燃える奴隷狩り人リッジウェイと手下に執拗《しつよう》に追われることになり、インディアナへと逃げのびるコーラを新たなディストピアが待ち受ける。

凄惨な虐待と反逆、非情な追跡が、ドライな文体で、ときにカリカチュア化されて描かれることで、テーマの重みがいっそう増している。巧みな時間操作も読みどころだ。

アメリカでは二〇一〇年代から、南北（戦争）の対立を、作品の構図やモチーフにして、米国の長い断絶を浮彫りにする小説が急に増えてきた。この潮流は当然ながら、当時、トランプを大統領に押しあげた格差社会の背景と深い関わりがあるだろう。

### ◉黒人文学の最前線

今年（二〇二四年）は、黒人作家の小説を原作とした映画や演劇がアメリカでは話題となっている。一つは、今季のブロードウェイで舞台化され、演劇最高峰の賞「トニー賞」のリバイバル作品賞他を総なめにしたブランデン・ジェイコブズ・ジェンキンズの「アプロプリエイト」（原作二〇一八年刊、二〇二三年日本初演）、もう一つは、パーシヴァル・エヴェレットの「消去」（未邦訳、二〇〇一年刊）だ。「消去」は、アカデミー賞脚色賞を受賞したハリウッド映画「アメリカン・フィクション」の原作である。

いずれも、コメディの形で、人種差別や偏見と白人の罪の意識をテーマにした作品と言える。

「アプロプリエイト」は南部アーカンソー州の大農園を舞台にした遺産相続劇だが、幕開け早々、「あら、南部のプランテーションっていうから『風と共に去りぬ』のタラみたいなものかと思ったら違うのね」というセリフも出てくる。

法律家だったラファイエット家の当主が亡くなり、彼の子ども三人と、その家族や婚約者の計八人が屋敷に集結。遺産分割をめぐる争いはエスカレートして罵倒《ばとう》合戦になるが、そうするうちに遺品から、農園の黒人奴隷を虐待していた写真が出てきたことで、物語は急展開を迎える。リベラルを標榜する白人知的層の深層心理をえぐりだす傑作である。

# おわりに

『NHK「100分de名著」ブックス　マーガレット・ミッチェル　風と共に去りぬ　世紀の大ベストセラーの誤解をとく』、いかがだったでしょうか？

この大河小説はハリウッド映画の大成功のおかげで、売れ行きに拍車がかかり、抜群の世界的知名度を確立しました。その一方、映画のイメージのためにずいぶん誤解されてもきました。映画版は一見原作に極めて忠実（セリフは一語一句原作通り。衣服や小物などもよく再現されています）に作られていますが、スカーレットの容貌から各キャラクターの性格や世界観に至るまで、原作とはまったく別なものになっています。

「月影とマグノリア」というフレーズがあります。古き南部の貴族然とした男女のロマンスや、英雄譚《えいゆうたん》を語る際に必ず出てくる場面です。夜、月の光が射す白亜の豪邸の庭園で語り合う二人、その横には美しいマグノリアの花が咲き乱れ、気の良い黒人奴隷の男がバンジョーを奏《かな》でるというううるわしの光景。

ミッチェルは南部についてまわるこの「月影とマグノリア」的なものをいちばん嫌

がっていました。彼女があえて舞台に選んだ北ジョージア内陸部は、南北戦争以前にはまだ開拓の進んでいない土地でした。映画に出てくる〈タラ〉屋敷のようなギリシア復興様式の豪邸は決して登場させてくれるなと、ミッチェルは映画チームに頼んでいたようですが、要望は聞き入れられませんでした。

さらに、映画はのっけから「かつて南部には古き良き生活があった。しかしそれは風と共に去ったのだ」というノスタルジックな字幕が流れます。まさにその「古き良き南部」を批評し、その固定観念を払拭《ふっしょく》しようと、奥ゆかしいサザン・ベルの正反対をいくような、先進的なベンチャー起業家である女性をヒロインに小説を書いたミッチェルは、目を覆わんばかりだったでしょう。加えて、本書でもご説明したとおり、『風と共に去りぬ』は心理や内面の描写が抜きんでて多い小説ですので、映像で再現できない部分の方が多いのです。

本書では、『風と共に去りぬ』への先入観を取り払い、ありのままの姿をご覧いただけるように解説を施しました。たとえば、

・スカーレット・オハラが単独ヒロインではなく、メラニーとのダブルヒロインの物語であること。

・スカーレットとメラニーは敵同士ではなく、むしろ分身であること。
・「世紀のロマンス小説」などと言われるが、本質は恋愛小説ではないこと。土地をめぐる世知辛い「不動産小説」であり、米国の南北分断の根本を浮彫りにする「戦争小説」であり、女性同士の複雑な友愛関係を描くシスターフッド小説でもあること。
・古き良き南部を懐かしむノスタルジー小説というイメージがあるが、むしろ南部人の目から南部を辛辣に批判した小説であること。

番組「100分de名著」で解説をしてから四年半、最近は若い読者と話していると、本作中のベストカップルは「スカーレットとレット」か「スカーレットとアシュリか」ではなく、「スカーレットとメラニーの関係がいちばん好き」という意見が当たり前のように出てきます。メラニーという人物の見方、そしてこの小説の読み方が変わってきているのを感じます。「敗戦の物語としても興味深い」という感想もよく聞きます。

いまの十代、二十代の人たちは映画版を観ていない人も多く、原作を読んでから映画を観ると、「タラ屋敷が立派すぎですよ！」「スカーレット、こんなに美人ですか？」などという驚きを感じる人たちもいるそうです。先入観なしに観れば、当然の感想でしょう。

この小説の出版からそろそろ百年、「百年の誤読」が融けてきたのを感じます。

他方、「読書案内」は番組では取り上げていない黒人文学に特化して解説しましたので、ぜひ、作品をお読みください。異なる立場、視点から書かれた作品を読みあわせる方法がアメリカでは採用されています。なお、『風と共に去りぬ』についてもっと知りたい方は、拙著『謎とき『風と共に去りぬ』矛盾と葛藤にみちた世界文学』（新潮選書）をお読みいただければと思います。

最後に、「100分de名著」番組プロデューサーの秋満吉彦さん、NHK出版編集部の白川貴浩さんと部のみなさんに、お世話になったお礼を申しあげます。本当にありがとうございました。

二〇二四年八月

鴻巣友季子

本書は、「NHK100分de名著」において、2019年1月に放送された「マーガレット・ミッチェル『風と共に去りぬ』」のテキストを底本として加筆・修正し、新たにブックス特別章「養護・扶養小説としての『風と共に去りぬ』——ケアラーと稼ぎ手の間で」、読書案内などを収載したものです。

装丁・本文デザイン／水戸部 功・菊地信義
編集協力／山下聡子、鈴木由香、北崎隆雄、福田光一、
小坂克枝
図版作成／小林惑名、山田孝之
本文組版／荒 重夫
協力／NHKエデュケーショナル
写真提供／ユニフォトプレス

p.001 『風と共に去りぬ』を持つマーガレット・ミッチェル
p.013 『風と共に去りぬ』の初版本
p.051 アメリカ南北戦争、第二次ブルランの戦い
p.087 タイプライターに向かうマーガレット・ミッチェル
p.117 マーガレット・ミッチェルハウス記念館に展示されている、原稿とタイプライター（著者撮影）

鴻巣友季子（こうのす・ゆきこ）

1963年東京都生まれ。翻訳家、文芸評論家。英米圏の同時代作家の紹介と並んで古典名作の新訳にも力を注ぐ。主な訳書にエミリー・ブロンテ『嵐が丘』、マーガレット・ミッチェル『風と共に去りぬ』、ヴァージニア・ウルフ『灯台へ』（新潮文庫）、マーガレット・アトウッド『昏き眼の暗殺者』『誓願』『老いぼれを燃やせ』、J・M・クッツェー『恥辱』『イエスの幼子時代』（早川書房）、アマンダ・ゴーマン『わたしたちの登る丘』『わたしたちの担うもの』（文藝春秋）他多数、主な著書に『謎とき『風と共に去りぬ』矛盾と葛藤にみちた世界文学』『文学は予言する』（新潮選書）、『翻訳ってなんだろう?』（ちくまプリマー新書）、『翻訳問答』シリーズ（左右社）、日本ペンクラブ女性作家委員、獄中作家・人権委員。

NHK「100分de名著」ブックス
マーガレット・ミッチェル 風と共に去りぬ
〜世紀の大ベストセラーの誤解をとく

2024年9月25日　第1刷発行
2025年5月15日　第2刷発行

著者———鴻巣友季子 

発行者———江口貴之

発行所———NHK出版
〒150-0042　東京都渋谷区宇田川町10-3
電話　0570-009-321（問い合わせ）　0570-000-321（注文）
ホームページ　https://www.nhk-book.co.jp

印刷・製本—広済堂ネクスト


Printed in Japan　ISBN978-4-14-081974-6　C0097